新装版

さよならが、いえなくて

助けて、哀しみから

水谷修　生徒ジュン

日本評論社

新装版

さよならが、いえなくて——助けて、哀しみから

目次

プロローグ

　私は現在、横浜市にある夜間高校の教員をしています。私は、これまでの教員生活のほとんどの期間を生徒指導という、いうならば学校の警察ともいうべき役割を担当してきました。そして、多くの若者たちの様々な非行や犯罪にぶつかってきました。殺人を犯した若者こそ一人もいませんが、傷害・強盗・窃盗・暴行・薬物乱用と、ありとあらゆる問題に関わってきました。そして、彼らとともに悩み、彼らとともに生きることで、彼らの更生をはかってきました。

　私が関わったなかで、哀しいことに何人かの若者は、暴力団などの悪の道に進んでいってしまいましたが、多くの若者は、自らが犯した過ちを償い、今は一人の大人・親としてまじめに生きています。しかし、社会は彼らに厳しく、彼らの犯した過ちを彼らの一生を使って償わせようと、様々な差別や偏見で彼らにぶつかってきます。多くの若者は、それでもへこたれず日々を必死に生きています。

　そのような私が、いつも失敗を繰り返し、ついには痛ましい若者の死すら迎えてしまった問題があります。それは、薬物乱用の問題です。今から九年ほど前に、私は一人の少年と知り合いました。彼は当時一六歳、中学校時代はほとんど毎日シンナーを乱用し、高校の入学式にすらシンナーを吸ってくるような少年でした。彼は私と知り合ったことで、シンナーをやめる決意をし、私とともに、励ましあいながらシンナーなしの日々を作ろうと努力しました。数日シンナーをやめては、またその魔の手に捕まり、私に泣きながら電話をかけてよこす。そして、またシンナーをやめる。こんな日々を私とともに繰り返しました。そして、薬物依存症治療の専門病院に私と一緒に行くことを決めたその日に、シンナーから来る幻覚の中で、ダンプカーに飛び込み、一六年という短い人生を終えました。彼のお葬式の後、火葬場での出来事を忘れることができません。彼の母は、焼き上がってきた彼の灰を握りしめ、振り絞るような声で言いました。

「シンナーが憎い。私の子を二回も奪った。一度目は命、二度目は骨までも……」

私は、彼の死以来、この青少年の薬物乱用の問題から離れることができなくなりました。それは、私自身が彼の死に対して責任を感じていたからだと思います。私が薬物乱用や薬物依存症についてもっと知っていたら、彼は死なずにすんだのではないかという思いが、私の心から離れませんでした。

それからの私は、この問題の専門家をさがし、学び続けました。そこで私が知ったことは、日本には青少年の薬物問題についてきちんとした対応ができる人はほとんどいないという事実でした。そのようななかでもこの問題に必死で取り組んでいる数十名の仲間と知り合えたことは幸運でした。そしていつの間にか、私自身が青少年の薬物問題の専門家と呼ばれるようになってしまいました。そのようななかで、日本はついに「第三次覚せい剤乱用期」を迎えてしまいました。

今回の第三次覚せい剤乱用期は、私の体験から見て、現在までを三つの段階に分けることができます。

第一段階は、一九九四年頃に始まりました。この年は、ポケットベルや携帯電話が急速に青少年の間に広まっていった時期です。当時、ポケットベルや携帯電話を使用することは、多額の電話料がかかりました。そのため、偽造テレホンカードが青少年の間で使用されるようになりました。当時、この偽造テレホンカードは、繁華街や駅周辺で、西アジア系の不法滞在外国人によって、三枚一〇〇〇円程度で密売されていました。この外国人たちが、偽造テレホンカードとともに覚せい剤や大麻を売り始めました。そして、「やせ薬」、「S」、「スピード」などと名前を変えて、青少年の間へドラッグが流入していったのです。しかも彼らは、このように新しい名前を付けただけではなく、「あぶり」（覚せい剤をアルミホイルやガラスの器などに入れ、それを加熱しその気化した煙を吸引する）という抵抗感の少ない乱用法まで青少年に教えました。

第二段階は、一九九六年頃から始まりました。覚せい剤を覚えその魔力にとりつかれた青少年たちは、それを定期的に乱用するためには、多額の金を必要としました。女子の場合は、年齢を偽りファッションヘルスなどの風俗の仕事をして金を稼いだり、「援助交際」と称する売春で金を手に入れました。実際、この時期に、このケースで多くの女子高生が警察によって摘発されています。

ところが、このような手段で、安易に多額の金を手に入れることのできない男子の場合は、自らが「売人」となっていきました。小学校や中学校時代を過ごし居住している地域に戻り、後輩である中学生や仲間たちにドラッグを売ったり、自らが通学する学校内で仲間へドラッグを売る「売人」となっていきました。こうしてドラッグは、地域社会や学校内へと広がっていきました。

第三段階は、一九九七年末頃から始まりました。地域社会の中で「売人」と化した高校生などの若者から、ドラッグ乱用を教えられた中学生の一部が、ドラッグ乱用の常習者となり始めました。それでは、ドラッグ常習者となった中学生たちは、どのようにしてドラッグを買うための金を手に入れるのでしょう。もうすでに何件か、高校生や中学生のグループが、ドラッグを手に入れる金のために窃盗や強盗などの犯罪を犯し逮捕されています。また、女子中学生の場合、「テレクラ」や「伝言ダイヤル」などを使った売春で、ドラッグを手に入れるための金を手に入れようとしています。これは、今後さらに増加していくと、私は確信しています。私のもとには、日本各地のこのような子を持つ親たちからの相談が後を絶ちません。

今回の乱用期の特徴は、高校生や中学生を中心とする青少年による覚せい剤乱用です。今まで、覚せい剤は暴力団のものであり、一般市民、とくに青少年に覚せい剤が流入することは、ほとんどありませんでした。これは、暴力団への恐怖感や嫌悪感が、その抑止力となっていたからと思われます。ところが、不法滞在の外国人（検挙された中では、イラン人が最も多い）が、暴力団と青少年のパイプ役となってしまいました。

今回の乱用期の特徴は、まさに私にとって大切な若者たちへの覚せい剤を中心とする様々な薬物の流入です。大人の薬物乱用者は、守るべき家庭や地位を持っていますから、ほとんどの場合隠れて薬物を乱用します。人に勧めることなど警察に検挙される可能性の大きい自殺行為ですから、まずしません。しかし、若者たちの場合は、自分の仲間たちにどんどん広めていってしまいます。若者たちの間では、薬物も、ファッションや音楽と同様、どんどん広まってしまう伝染病です。ここに、今回の乱用期の恐しさがあります。

このような現状にもかかわらず、私の所属する教育の現場はもとより、社会全体は、この問題に対する危機感をほとんど持っていません。私は、一人でも多くの人にこの事実を知ってもらい、私とともに薬物と戦って欲しいという願いをこめて数冊の本を出版しました。私のもとには数十通の手紙や一〇〇件をこえる電話がかかってきました。その多くは、薬物乱用に苦しむ若者自身やその親たちからのものでした。

そんななか、一九九八年一一月に私のもとに一通の分厚い手紙が届きました。それは、東北地方の小都市R市に住むジュンという一九歳の少女からでした。私は、すぐに彼女と連絡を取りました。そして、薬物との戦いを二人で始めることにしました。

この本は、当時一九歳、現在二一歳となった薬物依存症の少女ジュンから私への手紙と私への日記、その手紙に対する私の思いと行動を、まったく手を入れずそのままとめたものです。当然、出版を意図して書かれたものでも作られたものでもありません。それどころか、人の目に触れることなど想像もせずに、互いにその時々の想いや行動を書いています。

この本を出版することは、私にとって非常に哀しいことです。なぜなら、この本が出版されることは、他人の目に私たちのプライバシーがふれてしまうと同時に、私と大切な生徒であるジュンにとって、それらの日々が本当に真摯《しんし》なものであったか、また互いに誠実であったのかを問うことをつきつけられることになるからです。その時々の真実は、決して結果としての真実と重なるとは言えません。それどころか、日々の真実の積み重ねが、大いなる偽善を生むことすらあります。正直に言って私は、これらの日々をただ必死に自分なりの真実を求め、ジュンと生きてきました。ジュンも同じだったと信じています。しかし、結果は……。

私がこの本を出版するのは、ジュンの強い希望からです。彼女が、自分がこの世界に生きた、また生きている証として、そして、ドラッグの魔の手から逃れるための一つの動機づけとして、強く出版を望んだからです。そして、ジュンのこの言葉が、私を決心させました。

「私のようなつまんない人間の生き様を見て、こんなつまんない生き方をしない人が一人でも出てくれれば……」

約二年にわたり、覚せい剤などを乱用したジュンの脳は、超音波による検査では、四〇代後半の人の脳と同じぐらい萎縮しています。また、彼女の脳波は乱れ、その他の内臓諸器官にも多くの障害が残っています。視力も、覚せい剤が手に入らなかったときに乱用したガス吸引のためか、極端に低下し、失明の可能性すらあります。彼女の明日は……。私には、わかりません。ただ言えることは、彼女が二度と通常のからだには戻れないという事実と、この障害を抱えたからだと一生ともに暮らさなければならないという事実、そして、その一生には、きっと私が側にいるという想いだけです。

私は今まで、九年にわたり、ドラッグを乱用する若者たちとともに生きてきました。私が関わった若者は、全部で一五二人になります。ジュンがちょうど一一〇人めの若者になります。そのうち一〇人の若者を、自殺と事故で失いました。約三割の若者は行方不明です。きっとどこかでドラッグを今も乱用していることと思います。三割の若者は精神病院の中か、刑務所や少年院の中です。かろうじて私とともにドラッグなしの人生を生きているのは、わずか四三名にすぎません。ジュンは今、この四三名のなかの大切な一人ですが、私には自信がありません。もしかしたら、この本が出版されたら死んでしまうのではないかと……。

本来、本というものは、多くの人に読まれるために出版されるものです。しかし、この本は、あえてジュンに読んで欲しい、ジュンだけに読んで欲しいために書きます。

ジュンがこの本を読んで、自分が失ったと信じているやさしさや思いやりを、自分の書いた文章の一つひとつから感じ取り、それを生きる力として、また私とともに歩み始めてくれることを祈っています。

また、ジュンの想いの通り、一人でも多くの若者がこの本を通して、ドラッグの恐ろしさを知り、その魔の手に近づかない強さを持ってくれることを、心から願います。

I

助けて、哀しみ《ドラッグ》から

最初の手紙——私を助けて

一九九八年一一月二七日(金)

水谷先生、『さらば、哀しみのドラッグ』っていう本を読みました。

なぜ、こうして手紙を書こうと思ったかというと、自分も先生が言うドラッグの魔の手に捕まってしまった一人だからです。

このことを、こうやって先生に相談しようと思うまでも、いろいろ悩んだし、こうやって手紙を出そうと決意するまでも時間がかかりました。

だって、自分は先生の本を読んだだけで、水谷先生自身のこと、まったく知らないからです。

正直、自分のことをすべて話すことに不安と怖さを感じています。

まして、自分は人を信用することにとっても臆病《おくびょう》になっています。

でも、先生のこの本を読んで、この人なら信用してもいいかなって思えました。

先生を信用してすべて話すことはとても怖いけれど……、思い切って話します。

自分は、覚せい剤にはまってしまいました。

もともとやってはいけないと言われることに興味を持ってしまう性格のようで、中学校時代は万引きを繰り返し、その行為に楽しみうれしさも感じていました。そして、ドラッグにも強く興味を持ち始めたのもその頃あたりからだったと思います。

好きな俳優が、カッコよくヤクザ役をやる映画を見るようになってから、ヤクザをカッコいい人間だと思い、クスリを打つってこともカッコいい行為だと思いました。

刺青《いれずみ》に対しては、子どもの頃から、きれい、カッコいいと思い、いつか入れるんだ……とまで思っていました。だから、世間的に、怖い、危ないっていわれることに、逆に近づこうとしてしまいます。この性格が問題なんです。

自分がクスリと出会うきっかけは、一人の人との出会いでした。

中学を卒業して、定時制高校に入ってから働き始めたコンビニの常連のお客さんだったダンプの運転手との出会いからでした。

一九九七年五月から、このダンプの運転手と付き合うようになり、昔彼が、覚せい剤をやっていたということを知って、静かになっていたクスリへの興味がまた大きくふくらんでしまいました。

そうなってはもう止めがきかず、無理を言って、彼に覚せい剤を持ってきてと頼み込んだのです。彼も、はじめは「だめだ」と言っていましたが、自分のあまりのしつこさに負けたようで、「これ一回だけだぞ」とクスリをどこかから用意してきてくれました。クスリの量的には、一〇〜二〇回分で、ポンプも一本。実際にクスリを目の前にして、まったく怖いという気持ちはなく、むしろ早くやりたくてたまらなかったし、とてもうれしかったことを覚えています。

クスリよりも、血管が細く注射がなかなか入らない自分は、ポンプのほうが怖かったです。

自分でポンプをやるのは無理だから、彼にやってもらおうとしましたが、自分の血管では、やっぱりそう簡単には入らず、時間ばかりが過ぎました。からだ中あちこちに刺してねばったけれど、無理で、結果的には飲んで使いました。これといった感じがなく、ものたりなかったです。どうせやるなら、ポンプでやり、入った瞬間の「効く」という感じを味わってみたかったたし、クスリといったらポンプだとも思っていたし……。

その日はそれで終わり、残りのクスリとポンプを持ち帰りました。残りのクスリは、次の日からほぼ毎日のように飲んで使いました。コンビニの仕事に行く前に、朝オブラートに包み飲む、しばらくすると変に気分が良くなり、どんなに動いても疲れなくて、仕事をするのに必要なものとなってしまいました。けれど、クスリは使うほど少なくなっていき消えてしまいました。

クスリがなくなってとてもだるく、欲しかったけれど彼には言えなかった……。だから諦めていた。

彼の左肩に刺青がありました。クスリの次に刺青をしたいと騒ぎ始めて……。彼はまず、自分を友人がやっているスナックに連れていってくれた。そして、そのマスターから刺青師を紹介してもらった。

まして、その刺青師が昔シャブ中だったと聞いてからは、もしかして、分けてもらえるかもと期待していた。

入れたいと思っていた刺青を入れ、満足、うれしかったです。左肩にはぼたんの花、右肩には蛇を入れました。いまだに完成はしていませんが……。

この刺青師と出会った九七年一〇月ごろから、少しずつダンプの運転手の彼から離れ、刺青師のほうへ近づいていきました。刺青師の仕事を見ているうちに、刺青師の仕事を覚えたい、自分もなりたいって思えてきて、より刺青師に近づき、いつの間にかくっついていました。

あいにく、刺青師はシャブをやめていましたが、刺青師と一緒にいることが楽しかったです。彼の家には、ほとんど毎日のように若いヤクザさんたちが出入りしていて、そのお兄さんたちも自分のことをかわいがってくれたし、いろいろな場所に連れてってくれたから……。

九七年一二月、彼の友人が、コンパニオン派遣会社をやっていて、人が足りないからと、一二月だけという約束で手伝うことになりました。やる気はなかったのですが、一ヶ月だけだし、お金も欲しかったので、仕方なくやり始めました。そしたら、初日の客が自分を気に入ってくれて、初日からおこづかいとして一〇万円ももらいました。その人はS市の人で、ちょうどこの頃仕事の関係でこっちに来ることが多く、来る度に指名してくれ、それ以外にも二人で会うようにもなりました。一言で言えば、「援助」で付き合うようになりました。その人は、会う度に約一〇万円くらいくれましたし、とくに困っているときは、銀行の口座に振り込んでもくれました。五二歳、父よりも年上で、どこか父と子どもっぽいカップルでした。やさしくて、その日にあったことなども、何でも電話で話したりして、「援助交際」という付き合いだけではなく、自分に必要な人となりました。

この人とは、それ以来ずっと……、今も続いています。

　刺青師の彼と一緒に行動しながら、隠れてS市の彼とも付き合って……。だから、一二月頃から、かなりお金に余裕ができました。いい時は、コンビニの給料約一七万円＋コンパニオンの給料一五万円＋「援助交際」のおこづかいなどで四〇万円くらいになることもありました。

　自分がこんな生活をしていても、親はこれといって何も言いませんでした。高校一年の冬に、母の借金が原因で離婚してから、自分と父は家を出て、すぐ近くのところへアパートを借り、二人で生活していました。父は、昼は板前、夜は代行タクシーの運転手として働いていたため、ほとんど家にいませんでしたし、どちらにしても、両親とも口うるさいタイプではなく、好きにしなさいっていうタイプの親だったから……。

　年が明けて九八年になったころから、刺青師の彼は、若いヤクザのお兄さんたちと覚せい剤を少しずつ使うようになりました。しかし、「女のお前はだめだ」と自分にはやらせてくれませんでした。何人かで回し打ちするのを、いつもただ見ていました。やりたかった……、やりたくてたまらなかったけれど、そう言えば怒られることがわかっていましたから、言えませんでした。

そして、九八年二月のある日、刺青師の彼が傷害で警察に捕まりました。しかし、うまい具合に覚せい剤のことはばれませんでした。彼が捕まってから、毎日のように荷物を持って差し入れと面会に行っては、その時に言われたことをたくさんの若いやくざのお兄さんたちに知らせたりってことをしていました。

彼は、絶対に今回は刑務所に行くって決めていて、みんなが差し入れてくれたお金約三〇万円を自分にくれたりもしました。彼は、性格はやさしいのですが、酒を飲んで酔いすぎるとくせが悪くて、短気だから包丁や刀を振り回すこともありました。今回の事件もそんなことからでした。しかし、五月に彼は、爆弾持ち（執行猶予付）で出てきました。

出所してからの彼は、少しずつ性格が変わっていきました。毎日のようにクスリをやるようになって、ついには、自分にもクスリをやらせないと警察にチクるんではないかと言い出し、やらせるようになりました。

その頃から、彼はクスリの売人も始めました。自分はある日、彼が客のために仕入れたクスリを部屋においたまま出かけた時をねらって、そのクスリを盗みました。ただ単に、自分でやるクスリが欲しかったから……。もう、彼たちとやるクスリだけでは、ものたりなくなっていました。その量は、こっちでも相当な金額になる結構な量でした。彼は、クスリで鈍くなっていたせいか、自分のことをまったく疑わず、騒ぎもしませんでした。

でも、そうやって毎日覚せい剤を打つ彼は、本当に変わってしまい、自分にも手をあげるようになりました。何か気に入らないことがあれば、物を投げ、ガラスを割り、怒鳴り出す……。ある時は、自分の返事の仕方や言い方が気に入らないと言って、顔を殴られ、ノックアウトされたボクサーのように腫《は》らしたこともありました。それでも、親には、物が落ちてきたとか何とかごまかしていました。一番ひどかったのは、同じようなことからいきなり後ろから殴られ続け、出血し、背中が血で真っ赤になったことです。さすがに怖くなって、フラフラの状態で、そのままの格好で母のところへ逃げ、すべてを話しました。母は激怒して、刺青師相手でもビビらず、電話で彼を怒鳴り、謝らせました。

ナイフなどを常に持ち歩くようになった彼のことは、非常に怖かったですが、彼のところへ行かなければなりませんでした。今さら逃げたら、親や家族に彼が何をするかわからないという恐怖と、別れたければ金を持ってこいと脅されたことと、またクスリをやり続けるには、彼から離れることはできなかったからです。母が、もう行くなといっても、心配をかけたくなく、何も相談することができませんでした。

その頃の自分は、彼に初めて血管にクスリをやってもらい、よけいにクスリの魅力にひかれ、クスリの何ともいえない快感に完全にはまっていました。彼のところから盗んだクスリを自分でも打とうとしましたが、腕にはやはり入らず、いくつかの場所を試し、結局手の甲の血管に打ちました。自分で打てたことの満足感とうれしさで毎日クスリを打ち続けました。やらずにはいられなくなって……。

そうして、自分で手の甲に打って、彼に腕にやってもらってと、一日に二回やるようになりました。

九八年の夏は、本当にはまってしまい、毎日のようにあちこちに針を刺していました。その度に手の甲や腕を包帯やサポーターで常に隠すようになって……、それでもうまくごまかせたからか、親は信じ切りまったく疑っていませんでした。

九八年九月、近くの県の暴力団の総長のところへ、彼の仕事の付き添いでついていきました。だけど、彼と一緒にいるのが怖くて、落ち着かず、逃げるようにして自宅に戻りました。彼は、何度となく家の留守電に怒鳴って脅すことばを入れ、家から一歩も出られなくなりました。彼が家の外にいるような気がし、どこからか見られているような気がして、カーテンも開けられず、家の電話が鳴るたびに、インターホンが鳴るたびに、心臓が止まりそうで怖かったです。

そんな気持ちを落ち着かせてくれたのが、彼の家から盗んだクスリでした。毎日、やってやってやりまくりのある日、自分が妊娠していることを知りました。気づいた時はもう四ヶ月、刺青師の子か「援助交際」の人の子かもわかりませんでした。

今さら刺青師の彼に言えるわけもなく、「援助交際」のおじさんに話し、すべてお金をだしてもらって中絶した一ヵ月、精神的に少しガタついたけれど、もうクスリもなく、苦しさだけが今残っています。

クスリ、やりたくてたまらない……。

クスリをやらずには、もうだるくて動けない……。

ちょっとだけ手を出した、面白がってヤクザに近づいた、すべては自分が原因で悪いんだけど、もう後悔しても今さら遅いんです。

こんな勝手な自分だけど、助けて欲しいです。苦しみから抜け出したいです。こんな話、誰一人として相談できません。まして、相談したところで、警察に捕まるか見捨てられるかだと思います。

そんな自分が初めて、この人なら信用して頼れるかなって、先生の本を読んで思うことができました。先生、目をかけてください。
人をほとんど信用しない自分が、こうしてすべてを話しました。
返事を書いてくれることを信じて待っています。

私は、君からのこの手紙を読んで、「ああこの子なら私でも何とかできる」と思いました。それは、ジュン、君自身が自分のことをきちんととらえ、冷静に見つめることができているると、文章の間から読みとれたからです。ドラッグの魔の手に捕まってしまった人は、ほとんどの場合、自らを客観的に見つめることができません。その頭の中には常にドラッグのことしかありません。

ドラッグは、どのようなものでも、それを乱用する人に三つの死をもたらします。一つめの死は、心の死。正直さややさしさなどを乱用する人から奪い、ドラッグのためなら何でもできるようにしてしまいます。二つめの死は、頭の死。もう頭の中は、ドラッグのことばかり。どうやって手に入れるか。いつ使うか。それ以外のことは考えられなくなります。そして、三つめの死は……肉体の死です。

でも、君は違います。今の君は、これまでの自分をきちんと見つめ直し、自分自身の現在のひどい状況をきちんと認めたうえで、私に助けを求めてきました。君の書いたこの手紙の一つひとつの文からは、君のせつない想いと苦しさがあふれ出ています。多分、妊娠中絶が一つのきっかけとなって、私たちの世界で言う「底つき」(行くところまで行きどうしようもなくなった状態)となり、ドラッグなしの生活や人生を求めようという気持ちになったのだと思います。この「底つき」こそが、ドラッグをやめるための、とても大切なスタート地点なのです。

私は、すぐに電話を取り、ジュンの住むW県の精神保健福祉センターとR市の保健所、そしてジュンの家の近くにある薬物依存症の治療を行う病院に電話を入れました。どちらにも、私が講演で知り合った、薬物問題に熱心な人たちが、私の仲間としていたからです。彼らもすぐに相談に応じてくれ、いつでもできる限りの対応をしてくれることを約束してくれました。

君は、私が君のことを他人に話したことを怒るかもしれません。しかも、君の許しもなしに話してしまったわけですから。しかし、このドラッグをやめることのできない今の君は、薬物依存症というとても危険な病気なのです。この病気は、ほとんどの場合、自分の意志だけで治すことのできないものです。だから、君は、私に手紙を書いてくれたのだと思います。この病気を治すには、たくさんの人の助けが必要です。

君が心を開いて語り合うことのできる人が、一人また一人と増えるにつれて、その一回一回が君の力となり、薬物から君を遠ざけてくれます。

君の生活するW県R市は、東北地方でも有数の覚せい剤乱用者の多い地域です。そのため、私も講演などで何回か訪れています。ぜひ君とも会いたいし、また、ぜひ私と会えるようになる前に、私がこれから紹介する人たちと会って欲しいです。

君は今、少なくとも、薬物依存症という、とてもやっかいな病気にかかっています。この病気は、残念ながら意志の力や愛の力では、どうすることもできません。かといって、病院に行って薬をもらって治る病気でもありません。様々な人との出会いを通して、一日一日をクスリなしで生きることの積み重ねでしか治りません。これはとてもつらい、また気の遠くなるほど長い道のりです。まずは、今日から私と一緒に、その道への第一歩を踏み出しましょう。

君に電話を入れてから、ため息をつきました。多すぎる。多すぎるんです。このところ、週に一～二本のペースで、電話や手紙での相談が続いています。どれも「私を助けて」、「私の子どもを助けて」という必死な願いです。いったい、この私に何ができるのか、私は医師の資格もカウンセラーの資格も持っていない、ただの高校の教員なのです。しかし、私に連絡をしてくる人たちの必死な訴えを聞いてしまうと、どうしても逃げることができません。このケースでは、私には何もできないだろうという場合ですら、それを言うことができません。ともかく、できる限りのことをしてみるしかないだろうと、自分に言い聞かせています。

君ともこれから一緒にやっていくことになりましたが、私の力で、君をドラッグの魔の手から救うことができるのか、私にはわかりません。でも、ともに生きる友人にはなれそうな気がします。

先生から電話が来た！

一九九八年一二月一日(火)

一九九八年一二月一日(火)、ＡＭ一一：〇〇、運命の一本の電話が来た。

自分が助けてくれと手紙を出した水谷先生からだった。手紙で返事が来ると思っていたのに直接電話で返ってきたから、ビックリした。

会ったこともない初めて話す相手なのに、水谷先生は最初からやさしかった。思った以上にもやさしく話しかけてくれた。それが何よりうれしかったんだ。

こんな自分の話し相手になって、自分を変えようと一緒になって考えてくれる。電話は五分か一〇分だけど、とても長く感じた。久しぶりに人と話をしたせいもあるだろう……。少し胸がスッキリした。電話に出るまでの、イライラ感などが楽になった。たった五分か一〇分の電話一本で自分が少し変わった。変えた水谷先生はすごい人だ。

電話で話しても、悪い気しなかった。頼れそうだ。頼ってみようと思う。

でも先生、電話では言えないこともあるよ。言い出しづらいこともあるよ。言わなきゃ先生だってわからないよね。でも、うまくことばが出てこないんだ。手紙や文章だと、時間はかかっても、言いたいことを書き表せるんだ。だからこうして、文章を書くと少し胸の中がスッキリする。早く先生になじまなきゃね。何でも、小さなことでも、先生に伝えられるようにならなきゃね。

先生とこうして出会えたこと、本当にうれしいです。手紙出して良かった。うそでも夢でもなかった。本当に出会えたんだ。

電話で初めて君の声を聞きました。とてもか細い、自信のなさそうな声でした。その一言と一言の間のさびしい沈黙に、君が私に求めている必死な救いを感じました。そして、話を続けていくにつれ明るくなる君の声に、私は責任を感じました。君を、薬物の魔の手から救わなくてはならない、しかし、いったい私に何ができるのか。君は、私のことをスーパーマンのように感じているようです。でも、私は、ただの一人の人間です。ただちょっと他の人より薬物に詳しく、薬物問題に関係する人を多く知っているだけなんです。

でも、もしかしたら、私との出会いが、それだけで薬物をやめる大きな力となるのではないか、そんなふうに自分に言い聞かせました。まずは、できるだけ多く君と話すこと。そして、できるだけ君を薬物から遠ざけること、これが、今私がしなくてはならないことでしょう。

今日から君は、私の大切な一一〇人目のドラッグの生徒です。まずは、真実をこめた一言一言を毎日積み重ねて、互いを信じ合えるようにしましょう。そして、次には、ドラッグなしで生きることのできる日々を、一日一日と積み重ねていきましょう。

でも、君が電話を取ってくれてよかった。もし、君の家族、とくにお母さんが取っていたら、私は何かうそをついてごまかさなくてはならなかったのですから。私は、うそをつくことが苦手なのです。

正直に言って、君が私との電話で、明るくなっていくにつれ、私の心は重くなりました。君は、必死で私のことを信じています。私に、それほどまでに君の信頼を受ける資格があるのかと悩んでいます。それでも、今の君にとって、私は、明日への唯一の希望です。頑張らなくては。

でも、君はいいな。私のことを頼っている。私は、何を頼ればいいんでしょうか。

苦しみと恐怖、あふれる涙

一二月二日(水)

先生、クスリがさぁ、手を伸ばせば届くところにあるんだよ。お金さえあれば、いつでも買えるんだよ。またやれるんだよ。楽になれるんだよ。

この何ヶ月間の苦しみとサヨナラできるかもしれないんだよ。

またやれば、イライラも苦しさも、絶望感も、みんな消せるんだよ。今すぐ欲しいよ。でも、先生のやさしいことばが頭の中から離れないんだ。やりたくて苦しいのと、先生のやさしいところすべてまでも自分を苦しめてる。

いかにも悪そうな男の声で、「シャブやれよ、そんな苦しみなくなるぞ」って。

もう一人、先生がやさしく「ジュン、やってはだめだ。そのぶん苦しくなるぞ」って言ってる。この二人の声が、ずっと自分に話しかけるの。

苦しくて、苦しくて、夜先生に電話したよね。どうしようって……。

もちろん先生は、やってはだめと言った。そんなのわかってた。

すぐ近くにあるとわかって、やりたくて苦しくて、自分はふるえてた。

先生と話してるうちに涙があふれてきて、ふいてもふいてもあふれて流れた。


先生のやさしさには、ふしぎな力があるよ。

やさしくされて、苦しさがまぎれて、心が落ち着く時もある。

また時には、すごくやりたくなった時に、先生の顔が浮かんできて苦しめる。

夜、寝ようとしてる時が一番苦しい。どんな時よりも怖く感じて眠れない。

電気を消して、暗く静かな夜に、時々いろんな音が自分を苦しめる。

みんなにも聞こえてるのか、自分だけなのかはわからない。

よく、おばあちゃんたちがサイフやカギに付ける鈴の音がどんどん近づいて来る。右、左……あちこちから。そしてしばらくすると聞こえなくなる。それと、階段を登って来る足音だ。だんだん近づいて大きくなる……。最高に怖い。

自分の家を通り過ぎると、やっと息がつける。

それと、ひそひそと誰かがしゃべってる。時には何人かでゲラゲラ笑ってる。

何も聞こえないように耳をおさえると、自分の心臓の音が響き始める。

ドクッ、ドクッ……っと。この音が止まったらって考えると、また怖くなる。

ポンプが浮かび上がる。やりたくなる……。苦しみだして、呼吸が乱れてくる。

首まわりやのどのあたりが苦しい……。理由なく、涙があふれて止まらない。

こうして、毎日、寝る前が一番苦しい。声をころして泣いては涙を流す。

苦しすぎて涙が出るのか……。いや、ちがう気がする。

こんな自分が嫌なんだ……。憎いんだ。大嫌いなんだ……。

先生は今、何をしてるのかなぁ……。

今日の電話で、ジュンが私に心配や迷惑をかけないようにと、一生懸命に元気なふりをしていることわかりました。私のために無理なんかしなくていいのに。ちょっぴりうれしかったです。でも、すごく心配です。今のジュンには、一人でも多くの人との出会いが必要です。しかも、ジュンをきちんとまじめに受け止めてくれる人との。ジュンには、最初は苦痛かもしれないし、それどころか怖いかもしれないけれど、多くの人との出会いとふれあいで、自分自身のドラッグをやめようという気持ちを強めていかないと、この戦いに勝ち目はありません。ジュンと私だけでは無理です。頼みます、頼みますから、私が紹介した誰かと、一人でもいいですから会ってください。そして、自分のことを話してみてください。みんなすばらしい人たちです。みんな、ジュンからの連絡を待ってます。

私の薬物関係の仲間たちがよくこういいます。「まじめな奴ほどまじめにドラッグにはまり、一直線で死に向かう」。君を見ていると、まさにこのことば通りのような気がします。いい加減な奴は、ドラッグもたくさんある楽しいことや遊びの単なる一つとして使うから、長くうまく使っていきます。それでも、結局はつぶれるんだけど。でも、君のようにまじめな人は、ふとしたことでドラッグと出会ってしまうと、のめり込んでしまいます。そして、最初は楽しみとしてやっていたドラッグが、すぐにドラッグをやっている惨めな自分から逃れるためのドラッグとなってしまいます。

ともかく、君をこのままにはしておけません。このままでは確実にすぐスリップ（再度ドラッグを乱用してしまうこと）してしまいます。

まずは医師のM先生に身体を見てもらって欲しい。今ジュンの身体が、ドラッグの乱用のせいでどうなってしまっているのかを。現在の自分の状態をきちんととらえるところから始めましょう。お願いです。ジュン、M先生に電話をしてみてください。

最後に、もしできたらでいいですから、持っている覚せい剤を捨ててください。トイレに流せばいいんです。もし、これができたら大きな第一歩なのですけど。できなければいいです。いつか、君が自分の意志で捨てることのできるようになるまで待ちます。本当は、これが第一歩なんだけど。

私は、日本各地での講演と、自分の本業である定時制高校での授業で今は身動きできません。しかし、何とか年内に一度出会う機会を作ります。まずはそれまで、ドラッグなしの日々を一日一日と積み重ねてください。ジュン、負けないでください。

君の中で、ドラッグへの依存が、徐々に私への依存へと変わってきていることがわかります。あるものへの依存を、他のものへ依存対象をすりかえることで解決することはできません。何かに依存しないと生きることのできない弱い自分の姿をきちんと見つめ、多くの人に支えられながら、その依存の糸を断ち切り自分の足で立ち、一人で生きていくことが大切なのです。

ドラッグへの依存は、往々にして、異性への依存、あるいは他者への依存に姿を変えます。ドラッグをやめるためならば、それでもいいのではないかという人もいますが、ドラッグをやめた後の人生を考えるならば、大きなマイナスです。また、他者は、いつでも思う通りに動いてくれるわけではありません。その依存した他者との関係のこじれが、再度の薬物乱用のきっかけになってしまいます。

ジュン、できる限り多くの人と出会って、彼らを信じてみてください。私のことを信じているように。私だけのことを信じて生きていくことはできません。私だって必ず、うそもつきますし、裏切ることもあります。不完全な人間なんですから。

M医師に電話したよ

一二月四日(金)

先生、一日中自分は家に閉じこもってる。昼も夜も関係ない。でも、毎日やることはやってるんだよ。

食器の洗い物もやるし、おフロそうじも、洗濯物取り込んだりもする。

掃除機だって、必ずかけてるよ。自分の布団ほしたりもするしさぁ。

からだはだるくて、気分はイライラしてても、かたづけないといられない。

もともと性格がきれい好きで、納得いくようになるまで落ち着かないの。

小さなことでも気になる性格。だから掃除大好き。掃除している時は、クスリのことや嫌なこと、みんな忘れてるんだよね。


だけど、掃除してる時も、それなりに怖いって思うことがあるんだ。

起きてすぐカーテンあけた時も、誰かが立ってるように思うこともある。

布団ほす時、洗濯物取り込む時、ベランダに出てる自分を誰かが見てる。

昼間はカーテン開けてるけど、誰かに見られてる気もするんだよね。

だから、晴れの日って嫌い。雨の日は落ち着けるの。

雨の日って、あんまり外歩いてる人とか、遊んでる人がいないでしょ。

昼間は、外に出るの怖いよ。

時々、母と買い物に行くけど、みんなが自分のこと見てるように思えて怖い。

一二月四日(金)、先生に言われて、M先生に二回目の電話したよ。

一回目の電話では黙りこんじゃって、あまりいい気しなかったから不安だった。

それでも、先生がすすめるから、思い切って電話したよ。

そしたら、M先生が出て、「待ってたんだよ、おいで……」って言ってくれたんだ。すごくやさしく言ってくれたんだ。うれしかった。とても。

今回は、話してて悪い気しなかったし、頼ってみようかなって少し思えたよ。

一二月七日にM先生に会ってこようと思う。

先生がしつこくすすめるほどだから、本当に頼れる医師なんだろうね。

M先生という一人の人と出会って、少し自分が変われるかなぁ……。

でも本当は、M先生より先に先生に会いたいよ。

今すぐにでも先生に会いたい。

けど、実際に先生を目の前にしたら、うれしすぎて泣いちゃうかもしれない。

自分にとって先生は……、大事な人。大好きな人だから。


M先生から、電話の件、聞きました。よく頑張って電話をしてくれました。すごくうれしかったです。M先生もジュンからの電話うれしかったようで、私にはずむような声で報告してくれました。電話すること、とても勇気が必要だったと思います。何事も最初の一歩は大変です。でも、この一歩がなければ次は来ないのですから。

健康保険証を使うことで、お母さんにばれてしまうことを心配していますが、M先生の病院は総合病院です。何とでもなります。それに、どちらにしてもいつかは、お母さんに話さなければなりません。今でなくてもいいですが、結局は伝えることになります。君が嫌がらなければ、本当は、私はお母さんに連絡をとり、お母さんの力も借りたいです。たとえ、君のお母さんがどんな人であったとしても、君に対しては責任があります。まして、君はまだ一九歳なんですから。私は、仕事が教員ですから、親と子の間に立って関係をきちんとすることは名人です。私を使ってください。それに、お母さんに、自分が覚せい剤を使っているという事実を伝えることも、クスリをやめるための大きな動機づけです。このことも少しは考えてみてください。

でも、今は君の気持ちを尊重して、連絡しません。健康保険証のこと何とかM先生と考えますから、まずは診察を受けてください。君の話を聞いても、被害妄想や幻覚・幻聴などの精神障害がすでに出ているようです。とても心配です。覚せい剤を使わないでいることから来る退薬症状だと思いますが。

ジュン、今日電話でも話しましたし、私の本にも書いてあるのでもう知っていると思いますが、日本にはたった一つだけ、ジュンのような薬物依存症者のためのリハビリテーション施設があります。これは、「ダルク」という施設です。現在、日本の二〇ヶ所で活動しています。通所だけだったらこの二〇ヶ所のどこのダルクでも、女性を受け入れてくれますが、入所すなわち寮に入って共同生活ができる女性専用の「ダルク」は、日本では、東京に二ヶ所、九州の宮崎に一ヶ所しかありません。ここに行けば、ジュンと同じように、ドラッグの魔の手に捕まってしまい、その魔の手から逃れようと日々戦っている多くの仲間と出会うことができます。

ただ、「ダルク」がどのようなものか、見てみるだけでしたら、茨城県の結城《ゆうき》に一ヶ所「ダルク」があります。この結城ダルクの施設長の岩井さんは、私の古くからの友人で、私の兄貴といってもいいほど親しくしている人です。もうすでに、君のことは彼に伝えてあります。一度連絡を取って行ってみませんか。

「ダルク」では、多くの若者たちが、自分たちがドラッグに対して無力であることを自覚することを原点として、「今日一日」ドラッグなしの日を過ごそうと、互いに支え合って生きています。君がこの輪の中に入ることができれば、きっといい動機づけになるのですが。「ダルク」は、いつでもジュンを仲間として受け入れてくれます。考えてみてください。

今日は、君のお母さんに連絡を取ることを真剣に考えました。未成年の君を、私は、親の許可や了解も得ることなしに、病院に行かせようとか、薬物依存症者のための施設に入れようとしています。これは本当は大きな問題なのです。私は今までに、このように親を無視して動いて、二度ほどトラブルにあったことがあります。一度などは、親からのひどい暴力から逃れて家出してきた生徒を、児童相談所や関係機関が開く月曜日まで二日間自宅に預かっただけなのに、誘拐ということで訴えられる寸前にまでなったこともあります。

私はこれまで、いつも若者たちの側に立って、彼らを尊重しながら生きてきました。ですから、若者たちに、「親には言わないで」と頼まれてしまうと、どうしても言うことができなくなってしまいます。このことがいいことだとは思っていません。しかし、こういう姿勢で生きてきたからこそ、若者たちが、私を信じてくれていることはわかります。私は、君のお母さんについて、君の話を通してしか知ることができません。もし、君のお母さんが君のことを真剣に考え悩んでいるとしたら、私が今やっていることは、大きな過ちにつながります。正直に言って、君のお母さんに対して申し訳ないという気持ちでいっぱいです。

「援助」のおじさんもやさしい人

一二月五日(土)

先生、いつだったか、「援助」のおじさんのこと一番憎いって言ってたよね。今すぐにでも逮捕したいよって。どうして、そんなに憎いの……。

おじさん、悪い人じゃないよ。とってもやさしいし、それなりに自分を見てくれてる。

そこらのおじさんたちとちがって、子どもみたいにかわいがってくれる。まめに電話もかけてきて、体調どう、悪いことはするなよって言ってくれる。会った時も、顔色が悪いとか、やせたとかって気づいてくれる。自分がやせた時って要注意なんだってさ。クスリやった時だからって。先生とは、また違う意味でやさしい人なんだよ。

おいしい物食べさせてくれたりもするし、一緒に買い物だってする。

昨年のクリスマスはね、自分がどこも行ったことないからって、S市に呼んでくれた。もちろん、S市なんて初めて。ちょうどクリスマスのイルミネーションが飾ってあってきれいだった。

泊まったこともないすごいホテルだったし、S市を案内されて楽しかった。

クリスマスプレゼントだって言って、二〇万もする時計を現金で買ってくれた。自分がねだったわけでもないのに、欲しそうに見てたからって……。

人にプレゼントってもらったことなかったし、高い物だったからびっくりした。でも、うれしかった。すごく。「プレゼント」ということばのひびきが……。

また時には、自分が気分がすぐれないと、気晴らしだよって、ドライブで会津の磐梯山《ばんだいさん》まで行ってくれた。会津は晴れていた。猪苗代湖や五色沼などを見て歩いた。

学校の修学旅行以外、どこも行ったことない自分にとってとてもうれしかった。

本当の気晴らしをさせてくれた。周りからすれば親子に見えるだろうな。

だから、このおじさんも自分にとっては必要なんだよ。

一緒にいても、全然嫌な気しないし、それなりに楽しいの。

今までの唯一の楽しみが、おじさんと会う時だった。

とくにお金目的という汚い気持ちでなく、自分からからだが動いた。

家族とでかける時よりも、すごく気分がいい。

今は家族の誰とも一緒にいたくない。同じ部屋にもいたくないくらいだから。

自分を支えてくれてる人の中の一人。かけがえのない人とまでは言えないけれど、大事だよ。

でも、やっぱり今の自分にとっての一番は先生だよ。先生ほど、いい人だって思わせる人は他にいない。


ジュンとの電話での話で考えさせられました。私が、ジュンの「援助」の相手の人を絶対に許せないといったとき、君は必死で彼のことを守りましたね。ずっと今日は、このことを考えていました。ジュンは、彼に何を求め、彼から何を得ているのだろうかと。お金、プレゼント……、確かにジュンはもらっていますが、それだけなのだろうか。多分、今日の君の様子を考えると違うようです。ジュンは、家庭であるいは今までの他の人との出会いで得ることのできなかった安らぎや暖かいいたわり、やさしさを彼に求めているのではないか。そんなふうに感じました。これは、多分、ジュンの相手の彼も同じかもしれません。ジュンの肉体だけでなく、ジュンといることで、何か癒《いや》される部分があるからこうやって続いてきたのだろうと思います。

でもジュン、やはり私は、君たちの関係を許し認めることはできません。本当の心と心のふれあいを求めるならば、肉体やお金は必要ないのではないか。むしろ、とくにお金は、お互いの心を汚してしまうのではないか、私はそう考えます。もしも、これが、ジュンと彼との年齢は離れているけれど恋愛だったとしたなら、私は決してこんなことは言わないのですが。

やっぱりジュン、これはおかしいよ。私は彼が許せません。

私は、これまでの教員人生の中で、生徒を怒ったことがありません。それはどんな悪いことをした生徒でも、話し合っていくと、その生徒のそれまでの人生に、必ずと言っていいほど彼らをそこまで追い込んでしまった大人の陰が見えるからです。私は、いつも生徒たちを、ゆがんだ社会や、悪い大人たちが作り出してしまった被害者としてふれあってきました。君と彼の件でも、このことで君のことを怒ろうとも責めようとも思っていません。しかし、彼は悪い。少なくとも間違った行いをしています。これだけはきちんと彼に伝え、償いをしてもらおうと思っています。

私は、若者を利用する大人が大嫌いです。それどころか憎んでいます。私にとって、君を含めてすべての若者は、夢です。君たち若者の笑顔、これが私にとってこの世で最も美しいものです。これは本当は、私だけではなくすべての大人が追い求めなくてはならないものなのではないでしょうか。今日は明日のために、明日は未来のために、今日を生きる私たち大人は、明日を拓く君たち若者のために生きるべきだと私は考えます。だから、明日を汚す彼のような人間を許せません。

Ⅱ

すべてが怖い

最低な私。先生が怖い、警察が怖い

一二月六日(日)

一二月六日(日)の夜に、自分はクスリを手にした。

やりたいのとはちがう苦しみに襲われた。目は開き、眠れない……。

布団の中でいろんなことを考え込んだ……。似たようなことをずっと……。

かすかだけど幻覚を見たような気がする。

布団の中で横向きになって、ただ一点を見つめてたら、目の前が薄汚れた壁になり、少し寒気を感じ始め、自分の背後がすごく怖く感じた。

怖いけど気になるから振り向いたら、鉄格子があり、自分は檻《おり》の中にいた。

すべてがくずれ落ちたようなショックと、とうとう入っちゃったと思いながら、心の中では、クスリやってないのに……と叫んでいた。怖かった……。すべて終わったと思った。


ボーとしたまま朝が来て、お決まりの自分の席にすわったまま一点を見つめ、時々は横になり、またボーっとしているうちに昼が来た。(そういえば、朝先生

から電話あって話したね）

昼過ぎ頃からからだが動き出し、頭はボーっとしたままクスリをいじり始めた。

頭と心の中では、やらない、やってはいけないとわかってた。

だけどボーっとしながらも、からだは動き、どんどん準備していった。

この動き始めたからだを止めることはできず、ポンプを手にやり始めた。

何も考えず、ボーっとしたまま、ただ血管を探しながら針を刺した。

数ヶ所刺しても入らない、うまくいかない……。それでも繰り返す。

ボーっとしていた頭にイライラがたまる。気分もイライラし、からだの動きも雑になり、たまりにたまったイライラが爆発した。

自分のからだから、たましいが抜けたかのように、何も感じなくなった。

どれだけ時間が過ぎたかわからない……。

何も思わず、何も考えず、何も見えない……。記憶がない。

ふと、たましいがからだに戻ったかのように、自分が自分に戻った。

頭がボーっとしているが、すぐに両腕にすさまじい激痛を感じた。

動かすと痛みがひびく。見たら、ビックリではすまない、すさまじいほどの数十ヶ所もの注射痕が、両腕、両手の甲にビッシリあった。自分でもわからないうちに、ただ針をさし続けていたようだ。手当たり次第、次々と、両手甲だけでも赤い注射痕は五〇ヶ所はあっただろう……。

青くなっているところ、少し血が出てるところもあった。

両腕がひどく、青いとはいえない、どす黒く変色していた。

どす黒いまわりは、すこし硬くはれていた。

痛みよりも、とにかくこの注射痕を隠さなければと考えた。

両腕は、この季節のため服で隠せるから心配ない。

問題は、両手甲だ。今まで左手しかやらなかったから、しっぷで隠せた。

両手にしっぷはおかしいし、片手にばんそうこう何枚もというのもあやしい。

結果、ひどいはれの左手甲にしっぷをはり、右手甲はうまくファンデーションで隠した。

青さは隠せるが、数十ヶ所もの赤い痕《あと》が、よく見ればわかる。

けど、見て目立つわけではない。隠せた。なるべくそでの中へ手を入れて。

それにしても痛い。このすごさに自分でもおどろいている。

合計すれば、一〇〇ヶ所はさしただろう。一回やるのに一〇〇ヶ所さして、まともに一回分も入っていないだろう……。

昼過ぎに始めて、気づいたとき、外は暗くなっていた。

やったけど、とくにこれといった快感も変化もない。あるのは痛みと痕。

クスリはすべてを忘れさせてくれるはずなのに、今回はすべてを引き寄せ、頭の中いっぱいにいろんなことを思い考えさせ、自分を追いつめ、恐怖感を与えてきた。


自分に戻ってすぐ、すごく怖かった。今まで怖いなんて思わなかったのに……。

平気でやって、車運転して、買い物行って、警察署にも行っていた。

ずっと、すべてのことを変化なく平気でやっていた。心も冷静だったし……。

なのに、初めて味わうほどの恐怖感で、すべてが怖いと思う。

クスリ持ってること、注射痕もよく考えれば考えるほど怖かった。

偶然、警察が家に来る……。注射痕が見つかる……。とにかく警察がせまってくると……。

こうしてる時も、警察が捕まえるために家に向かっているかもと……。

とにかく、すべてのことが警察につながり怖い。もう何もできない。

二番目に怖いのが先生だ。一番信用してるし、大好きなのに怖い。

大事な宝物としている先生の本が怖い。顔写真が怒っているかも。やったこと、先生に言ってないのに、先生はもう知ってて、ここに向かって来るかも。

すごい顔つきで先生は、家に来るなり自分を怒鳴りつけ説教する。

先生のことをもっと考えれば、電話かけてくるのは本当に先生なのかと……。

本の顔写真とは別の人がなりすましてる。

先生は警察じゃない、信用してと、やさしくきれいごとを言いながらも、すぐ裏では警察にチクってる。考えれば全部怖い。

怖いと思いながらも、先生のやさしい声がひびき、先生に会いたくて仕方ない。会いたいけど、先生を裏切っちゃったから、会うのも怖い。

先生、ごめんなさい……。怒ってるよね……。

先生と知り合えてから、いつもからだの中に先生がいる。

頭の中ではいつも先生のこと思ったりしてるし、先生の声も聞こえ、先生が見える。

いつも、自分は声でなく、心で先生と話してる。

いつも、先生は笑ってるし、自分の話をちゃんと聞いてくれるの。

やる前も先生のこと思ってた。やり始まってすぐの時は、「先生、ごめんなさい」と繰り返しながら針をさしてた。先生を裏切ってるとわかっていても止まらなかった。

やるだけやって、自分に戻った時、先生に対する裏切りが一番痛く苦しかった。自分から助けてくださいと手を伸ばし、先生は手をとり、力になろうとしてくれてるのに、知り合えて数日もしないうちに、自分から悪へ手を伸ばしてしまった。

たった数日で、悪へ手が伸びた自分のことを、最低な奴と何度も強く思った。

それと同時に、先生に手紙を出したことを後悔した。

知り合わなければ、こんな自分のことを心配したり、いろいろ手間がはぶけるでしょ。場所だってW県で先生と遠いし、先生は世の中の人のために忙しい毎日を過ごしているのに。

こんな自分を相手にしてくれる先生に対して、悪い気がする。

まして、もうやらないよとは言えないから、また裏切っちゃうよ、先生のこと。

人を裏切ったことで、初めて心が痛いと感じた。そして、人のやさしさが自分をこんなに苦しめることもあると初めて知らされた。

先生、ごめんなさい……とすごくダークな気分に包まれた。やった後とは思えないほどに。


何時間ももたず、すぐ切れたんだと思う。

まだ、からだのだるさなどとくに感じないけど、切れたというのは何となく気づく。

それは……先生のこと思ったら急に涙があふれ、ものすごく流れ出たから。

先生に対するごめんなさいと、裏切ったことで胸が最高に痛く苦しい。

先生と知り合えた時、初めて人との出会いに心から喜びを感じた。

先生からの電話で、初めて電話が鳴るのを今か今かとそわそわして待った。

先生と知り合えて、心にいろんな刺激を受けた。刺激といっても、今までの苦しみや悲しみではなく、忘れてた喜びやうれしさという刺激を……。

だから、先生は、とてもすごくすばらしい人だ。心からそう思う。

先生と知り合えたことを心から喜んだし、先生との関係を大事にしたいと心から思った。

そして、水谷先生を大切な人として心におき、いつも一緒にいる。

そんな先生を裏切った自分に対して、情けなさ、ちっぽけさなど感じる。自分のしたことで、自分が苦しく、悲しく、涙がこんなに流れ落ちるなんて……。

ようやく涙が止まったら、全身筋肉痛の痛みが次に襲ってきた……。


今、私は、富山にいます。私は、日本中どこででも、そこで一泊することになったときは、その町の夜の繁華街や駅の周辺を見回っています。私の生徒たちは、これを水谷の「夜回り」と呼んでいます。その町や若者たちの状況を知りたいということもあるのですが、むしろ私が一人でも多くの若者に声をかけることによって、大人たちによって汚されてしまう若者をなくしたいのです。小さな小さな行いですが。君の住むR市でも、すでに何度かこの「夜回り」をしています。もしかしたら、その時に君とすれちがっているかもしれませんね。

昨夜も富山の夜の町を「夜回り」しながら、ふっとジュンのことが心配になって電話しました。北アルプスの山々からの風がとても冷たい夜でした。ジュンから覚せい剤を使ってしまったことを聞いて、しばらくは動けず、橋のたもとのベンチに座り込んでしまいました。でも、ジュンはきっと、私よりも冷たい寒い夜を迎えてる、私ががっくりきてどうするんだと自分に言い聞かせました。

ジュン、とうとうやっちゃったね。私たちの世界では、「スリップする」といいます。でも、いいんだよ。少なくても、ジュンは悪いことをしてしまったと苦しんでいます。この苦しみの中に救いがあります。君は、「薬物依存症」という、ドラッグが自分の意志の力だけではやめることのできなくなってしまった病気なのです。この病気は様々な人とのふれあいや生活環境を変えること、病院での治療などを通して初めて回復への第一歩を刻むことのできるものなのです。ジュンは、怖がって家の中に閉じこもり、一人で苦しんでいますが、その状態がもっとも危険なのです。私と話すだけではだめなんです。

でも、私は悪い人間です。講演や日々の学校での授業で身動きできず、ジュンと会うこともジュンを迎えにいくこともできずにいるのですから。電話でも話しましたが、ぜひ横浜に来ることを本気で考えてください。横浜には、多くの私の生徒たちや仲間たちがいます。多くの出会いの場と癒《いや》しの場があります。怖がらず、一歩踏み出してください。

日々、私は自分に問いかけています。ジュンに対して、私が今何ができるのか、何をしなくてはならないのか。できる限り連絡をします。一言でも多く話し合い語り合うことで、まずはドラッグの魔の手を少しでも向こうに押しやりましょう。でも、結局、ドラッグを使うか使わないかは、ジュンが一人で決めなくてはならないんですよ。哀しいけれど。

電話で話したけれど、一二月二三日は、何とか時間がとれそうです。前の日に車でジュンのいるR市に向かいます。ともかく、会いましょう。先生もすごく怖いけど楽しみです。ジュンは、もう私の本の裏表紙の写真で私の顔を見ていることと思います。頭のはげ始めた「おやじ」ですけど、写真ほど怖そうな人間ではないです。そして、もしよかったら、私と一緒に横浜に来ませんか。年末だけでもいいですから。お母さんには何とでも言い訳できるでしょう。でも本当は、お母さんにはありのままを伝えるべきだけど。それもドラッグとの戦いの強い動機づけになるんだけど。まあ、今はしいて無理はさせませんが。いつまでも隠しておくことはできませんよ。

もし、今持っているクスリを捨てることができるようだったら捨ててください。捨てることができれば、それが大きな大きな第一歩になります。でも、期待はしていません。多分、今のジュンでは無理でしょう。

こうしている間も、ジュンがクスリを使っているような気がします。クスリ、とくに覚せい剤は、非常に依存性の高いドラッグです。「もの」を持っていたら、まず使わずにいることは不可能でしょう。もう一回だけ、これがなくなるまでと、使い続けていきます。何とかしないと、このままでは君はおしまいです。覚せい剤を捨てることのできないジュン、ジュンを捨てることのできない私、似たもの同士かもしれません。でも本当は全然ちがうんですよ。ここをわかって欲しいです。

自分の中に無力感が広がってます。今日まで、私の力で君のクスリをやめさせることができると、ちょっとは自信を持っていましたが、今はこなごなです。考えてみれば、こんなことは当たり前なのに、人間は何か自分の都合のいいように楽天的に考えてしまうようです、とくに私は。何としても、君のスリップをやめさせなくてはなりません。これが繰り返されるようなら、きっと私は、強制的な手段を取ることになってしまいます。君を精神病院や刑務所の中には入れたくないです。大人たちの手で傷だらけにされ、そんな中でも、必死に生きてきた君を、さらに傷だらけにはしたくないのです。また、薬物依存症という病は、君のようなケースの場合はとくに、精神病院や刑務所の力では治すことができません。

でも、これだけは君も私も覚えておかないといけないのです。クスリを使い続ける君の心と頭は、依存症という病気なのですが、使っている行為は立派な犯罪なのです。私は、いつまでも見逃し、口をつぐみ、許し続けることはできません。私の気持ちをわかって欲しいです。今はまだ待てますが、いつか待てないときが来ます。

家ではすべてがうざったい

一二月一〇日(木)

一二月一〇日、朝も先生から電話あったのに、夜も携帯電話が鳴った。先生からの電話がすごくうれしかったけど、母がいたから、ドキドキしながら話してた。

先生と話がしたいのに、言いたいこともあるのに……。母がじゃまだった。仕方なく切ったけど、いてもたってもいられず、自分から先生に電話した。先生の声が返ってきたときもうれしかった。こうしてる時が自分の一番のやすらぎ。

先生との電話が何よりも楽しみで、一番落ち着けるのだ。

先生は一二月二三日ここへ来ると言ったけど、一〇〇パーセントは喜べなかった。

先生と会えるのは一〇〇パーセント以上にうれしいけど、先生に悪いなぁって何パーセントか思ったから。

だって、忙しい先生なのに、わざわざ自分のためにここまで。

先生、やさしすぎると損するよ。つかれるし、先生がからだこわしちゃうよ。先生がからだこわしたら、自分もっと苦しくなっちゃうよ。先生のことも心配だし……。

先生がわざわざ来てくれるぐらいなら、自分が横浜へ出向くよ。

先生は、だめって言うのかなぁ。クスリがからだに入ってるし、注射痕もあるから。

でも、自分が横浜へ行って先生と会ったほうが、自分はうれしいなぁ。

なぜかって……。ここが嫌で、今すぐにも出て行きたいから。

この家には、自分の部屋も何もなく、落ち着かず、居場所がない。

とくに自分は、同じ部屋に誰かといるってのも、好きじゃないから……。

誰か一人でも帰ってくるだけで、イライラする。ちょっとでもうるさいと腹が立つ。

母が休みで、どこにも出かけず、家にいる日は、最悪な気分になる。

母がいるだけで嫌なのに、すごくきゅうくつで、気が変になりそうになる。

話すこともないし、話したくもないから、自分はめったに声をかけない。

とくに九月頃からは、うざったく感じ、誰もがじゃまで仕方ない。

だから、この家にはいたくないし、どこかへ行きたいと常に思っている。

この家にいると、よけいイライラするだろうし、まぎらわすために、クスリに手を伸ばす。

悪へ手を伸ばすように、押される。自分もやらずにはいられない。

出たいけど、出たからってやっていけるわけがないから、我慢の生活……。


何でこんな思いをするようになったのだろう。

いつからこんなに家族のことをじゃまに感じるようになったのだろう……。

誰も、何も変わっていないのに……。

変わったのは自分だけで、心が真っ黒に汚れたからだ。

誰も悪くない……。自分が一番悪いんだ。

ジュンのことが心配で、電話ばかりかけてます。電話からのジュンの声が、妙に落ち着いていて不安です。私にとって、ジュンが電話口で泣いてくれたり、叫んでくれたりしたほうがよっぽど楽です。その一つひとつのジュンの心の動きに、ていねいに対応していけばいいのですから。でも、落ち着いてしまって口数が少ないと、そのことばとことばの間に何か悪いことを想像してしまい、一人不安になってしまいます。またスリップしてしまったんじゃないか、もしかして、最悪のことを考えているんじゃないかと。とくにそろそろ、前回使った覚せい剤の効き目が切れて、どん底に落ちるころですから。

私のほうは、ほぼ毎日の講演でボロボロです。この一週間は、五日の浜松での講演から始まり、宇都宮・富山・甲府・相模原と毎日各地を動きづめでした。私の講演は、それ自体が私の嘆き・うめき・叫びですから、精神的にもボロボロになります。とくにドラッグで奪われた、命までも奪われた若者たちについて話すと、そこには後悔と自己嫌悪しか残りません。ジュンにはまだ話していませんが、私はもう九人の若者を失っています。どの若者も、決して死なせてはいけなかった子たちです。多分、私が殺してしまったと言っても大げさではないと思っています。ジュンは、私のことを信じていますが、私はこの程度の人間なのです。こんな私がジュンを救おうとしているなんて、実に傲慢《ごうまん》なことかもしれません。だから、ジュンがスリップしてしまうことも無理がないかもしれません。暗い話になってしまってごめんね。

でも、今回、数え切れないほど多くの人にドラッグの真の姿を話したのですが、一生懸命話せば話すほど、ジュンのことが思い出されました。ジュンのことすらきちんとケアできていない私に、こんな偉そうなことを多くの人に言う資格があるのかと。そんなふうに思うと、自然に顔が下を向いてしまい、声も小さくなってしまいました。

今、多くのドラッグが若者たちの周りに出回っています。何としても、覚せい剤や他のドラッグに若者たちが捕まってしまうことを阻止しなくてはなりません。このことは、ジュンにも、いやジュンにこそわかると思います。この想いをてこにして、何とか自分を奮い立たせて、一つひとつの講演をこなしています。

いまごろジュンはどうしているかな。覚せい剤に手をふれていないことを祈っています。

妹のことが心配です

一二月一一日（金）朝

先生、自分が一つだけ少し心配していることがある。妹、次女のこと。

妹は、今、普通ならば高校一年生の一五歳。勉強より仕事を選んだ。

自分と同じで、中学はマジメなほうではなく、逆に目立つ有名なタイプ。

性格は、今どきって言えば今どき。父親似で短気ですぐ切れ、長続きしない。

今は、近くのコンビニでアルバイトしてる。

アルバイトといっても、週二〜三回程度の五時間くらいだから、月四〜五万円くらいかな。

それだって、携帯電話の料金を払ったりで、さほど手元には残らない。

昔は、テレクラに電話をかけて、「援助交際」でかせぐことが結構あった。

けど今は、彼氏もいるからか、面倒なだけか、ほとんどやらなくなった。

そのぶん、コンビニの仕事を通して知り合った友達と遊ぶことが多い。

電話はしょっちゅうあるみたいだし、夜中二〜三時頃帰って来ることが少なくない。

誰も何にも言わないから好きにやってる。遊んだりすることは、どうでもいいけど……。

心配なことってのは、クスリ、とくに覚せい剤に興味を持っていること……。

妹は、自分がクスリやってること知ってるし、何度か見てる。

それで、妹は、「クスリってどんな感じ、やってみたい」と前に自分にこぼしたことあったり。

自分は、絶対やるなよと強く言った。「一回だけ」というのが、どれほど怖いかも……。

そしたら、注射が怖いからやらないと次に言った。

こういう奴が一度でも手を出して注射になれたら、一番はまるんじゃないかって思った。

まして心の中で興味を抱いてることは確かだし……。大丈夫とは言い切れない。

今は自分が見てる限り大丈夫だと思うけど、心配だ。

今の自分がはまってしまい、苦しんでいることも、先生のことも話した。

今はやらないと言ってても、先のことは誰もわからない。

これから先、いつか親に自分のことを話す日が来ると思う。親と先生が話をしたり、会うことになるかもしれない。この家に来ることも……。
何かで先生が妹に出会える時が来たら、親にはバレないように話をしてあげて欲しい。
先生と妹、一対一で。先生の話聞けば、もっと効果があると思うし……。
先生には興味を抱いている人からそれを消せる「力」があるし、できると思う。
妹には一度きりでもやって欲しくないし、自分のようになって欲しくないから。
やる前に、そうなってしまう前に、先生に止めてもらいたいんだ。
自分が心配してるほど、妹は興味抱いていないかもしれない。
それでも、妹の口から言った、「やってみたい」というのを聞いてからは、心配だ。
先生、うまく出会えたとき、妹のことよろしくね。
これもまた、自分が悪いんだよね。

妹のことを心配しているジュン、なかなかいいです。何となくほっとできます。ドラッグに捕まってしまうと、ほとんどの場合、ドラッグのことや自分のことしか考えることができなくなってしまいます。ジュンの場合、こうして妹のことを考えられるということは、大きな救いです。

妹さんの件、私でよかったらいつでもできることはします。でも、本当は、君の妹さんの一番の人生の先生になることができるのは、ジュンだと思います。ジュンが、自分のしてきたことや、その結果どうなったか、今考えていることなどを、ていねいに一つひとつ話し、妹さんの話や想いを聞いてあげることが、今一番必要なことのように思えます。

多分、君の妹さんは、君のことばに耳を貸さないかもしれません。そして、君が心配していることを、繰り返していくかもしれません。それでも、君が今話すことは、妹さんの未来に大きな影響を与えます。まずは、結果のことなど考えず、君の妹さんへの想いをぶつけてみてください。

ジュン、でも若いって哀しいね。先生は、いつも何か問題を抱えた若者たちと生きてきました。どの子も大きな明日への可能性を持っているのに、いつも今のことしか考えない。今の楽しみやおもしろさだけで、今を浪費して、未来をつぶしていく。見ていてとっても哀しいです。中年の大人の小言かもしれませんが、やはり若者には、明日への希望を持って今日をきちんと生きて欲しい、いつもそんなふうに思っていました。

私たち人間は、自分の意志に関係なく、無理矢理誕生させられます。親を選ぶことも、環境を選ぶこともできません。そして、時が来れば、また無理矢理この世界から死によって退場させられます。ここに何の選択の余地もありません。これは、地球上で生きているすべての人に当てはまります。ジュンも妹さんも、今の親を選んで生まれてきたのではないし、今の環境を好んで生まれてきたわけではないでしょう。でも、これは人間の宿命なのです。これを嘆いて、そしてふてくされて、諦めて、自らを滅茶苦茶にすることもできます。哀しいことですが。私の周りにいる多くの若者は、まさにこうやって自分を滅ぼしていっています。

しかし、忘れないでください。私たちには、生と死の間の期間、人生といえばいいのかな、これが与えられています。この人生は、私たちが一人ひとり選ぶことができます。この人生は、私たちが、一日一日自分の意志で生き方を選びながら生きることができるのですから。ジュンにも、私の関わっている若者たちにも、この人生を幸せなものにして欲しいんです。今日一日を明日ちょっぴり幸せになるために、明日を明後日もう少し幸せになるために、生きて欲しいんです。先生と違って、ジュンたち若者には、まだまだたっぷりと明日が残っています。昨日までの哀しみやつらさで、今日を捨てず、明日を夢見て今日を生きて欲しいんです。

ジュンは、私がなんでこんな話をしたのか、不思議だと思います。それは、ジュンが妹さんという他人のことを考え悩んでくれたからです。自分以外の人のことを思いやるということは、自分の今日の楽しみに埋没し生きることから明日に向かって生きることと、根っこは同じことだからです。難しいかな。でも今日は、私は久しぶりに幸せになりました。

そういえば、本当の私の専門は「倫理」なんです。高校で習いましたか。「倫理」といっても難しいかな。簡単に言うと、「人間の本当の幸せな生き方を求める学問」とでもいえばいいのかな。このごろ、学問的にものを考えるゆとりがなかったですから、今日は久しぶりに考えることができました。ジュン、ありがとう。

ところで、ジュン、あまり頭を使わずに心で生きてください。考えることや思うことはとてもたやすいことです。ちょっとだけ頭を使えばいいのですから。しかし、生きること、生き抜くこと、これはとても難しいことです。頭だけでは、どうしようもありません。楽しいことや、幸せなこともたくさんありますが、苦しみ、悩むことが生きることの原点です。ジュンは頭を使いすぎて、この生きることから逃げているような気がします。

今日の電話では、私はわざと自分の哲学屋としての本業に力を入れ、考えることの、頭を使うことの楽しさを話し、君を煙に巻いていたような気がします。ここには、君へのちょっとしたイヤミがあったのです。人間にとっては、まず生きること、すなわち苦しみ悩み抜くことが一番大切なことなのです。私は、君との関係でもそうですが、いつも若者たちと、本業の考えることを捨てて、ともに生きています。ジュン、君もともに生きましょう。

とにかくだるい

一二月一一日(金)夜

一二月一一日金曜日の夜。夕方三時頃から、からだがだるくて、いつもの席にすわりっぱなしだった……。

テーブルにもたれながらすわり、時々はテーブルの上に顔をおいたり……。首と肩まわりが、パンパンで痛い。クスリやった時、何時間も夢中になり、同じ姿勢だったからか。

とにかくだるい。少し動けば痛い。気持ちもだるい。何もする気がしない。

今は夜九時。母も次女もいない。三女は、別の部屋にいる。

こうして文字を書くのもやっとだ。いつものようにスラスラと書けない。

頭にも浮かんでこない。一行書くのに何十秒もかかる……。

でも、今のこの様子と気持ちを書き記しておきたいのだ。


カゼでもひいたのか……、頭が割れそうに痛い。ボーとするし、重い感じだ。

目も眠くないのに、トロンとしている。目の上のくぼみのところが痛いし、スッキリしない。

くぼみを押すと、少しまぎれる。すぐにでも冷やしたい……。

自分でもわかるほど疲れた目をしている。クスリのせいか……。クスリがうまく入ったら、この不調さは、すべて一気に消えるのだろうか……。

時々、そんなことを考える。けど、自分の血管を探すのが、どれだけ面倒なことか……。

とくにクスリやりたいという気持ちはまだない。やろうかなってのもまだない。

クスリやりたいって思って始めても、からだに入れるのにいつも二～三時間はかかる。

だから、よほどやりたい時か、時間のある時しかやらない。

いつも、クスリやる前は気が重いし、何時間かかるかなぁ……と思う。

すぐにでもやりたくて、何時間ねばってもうまくできないとき、最高潮にイラつく。

自分でも、血管あんのかよって思う。自分のこの体質が憎い。

一ヶ所刺してできる奴もいるから、比べれば比べるほど、腹が立ってくる。

いつだったかは、ちゃんと血管あるのかって、どこか思いきり切ろうとも思ったことがあった。

でも、自分の血管がすぐわかる体質だったら、今よりやりまくってはまっているにちがいない。

パッとやって、きれたらまたパッとやる。それを繰り返す。

変な意味で、体質に少し救われているのかもしれない。

あまりクスリのこと考えるのはやめよう。

今日はとにかく動けないし、眠れそうだから、おとなしく布団に入ろう。

それから、中絶してから一回目の生理がきて良かった。ちゃんと来るかどうかって時にクスリやっちゃったから、こないかもって不安だった。こなかったら病院行かなきゃならないのに、数ヶ所の注射痕ができ……。

一つ安心した。

ジュンが覚せい剤を使い続けていること、電話の様子でわかりました。ジュンは、正直です。覚せい剤を使うと、私と話すときの声が小さくなり、おどおどしています。気づいてはいたのですが、私にはジュンを責めることも、私の哀しみを伝えることもできませんでした。こうやってスリップしてしまったことで、一番苦しんでいるのはジュン自身なのですから。

ジュンの苦しみを考えると、せつないです。なまじ私と知り合ったばかりに、今までのように楽にクスリを使うことができなくなってしまいましたね。使うことも地獄、使わないことも地獄。ともかく、この状態から逃げ出さないと。そのためには、私と電話で話し合うだけではだめなんです。君が自分の意志で第一歩を踏み出すこと、これが大切なんです。

今のジュンの様子から見て、精神がきわめて不安定なことがわかります。私が君の人生に登場してしまったことで、君の日々の生活、とくにドラッグとの関係が崩れてきています。私の存在がジュンを追い込んでしまっていることはわかりますが、ジュンはもう私の生徒です。私は、もうジュンから離れることはできません。

ジュンに、ドラッグなんかよりもっともっと楽しいことがあればいいのですが。ドラッグの魔の手がそんなに甘いものではないことは、私もよく知っていますが。

でも、今のジュンにお願いがあります。少しでも家の外に出てみてください。自分の持っている服で、一番鮮やかな色の服を着て、うんと明るいお化粧をして、ジュンの町のイルミネーションの中に身を置いてみてください。きっと君の周りには、幸せそうな家族連れや幸せそうなカップルがたくさんいると思います。でも、目を背けずにずっと見てください。ジュン、君もそういうふうになれるんですよ。ドラッグの魔の手から離れることができたなら。

人間の心は、一人でいると凍ります。ジュンは、その凍った心をドラッグの力を借りて一時的に忘れようとしています。でも、これは逆です。ドラッグを使っているときは忘れることができても、ドラッグが切れたなら何倍にもなって襲ってきます。こんなことは、もうジュンにはわかっていると思います。ともかく、一人でいることはよくありません。私が紹介した人たちと会ってみてください。みんな、ジュンからの連絡を待っています。

思い出すのは楽しかった昔のことばかり

一二月一二日(土)

自分は、クスリをやり始めて、仕事も辞めてから、昔のことよく思い出すようになった。中学時代は何もかもおもしろくなくて、反抗してた……。中学の授業風景とか……。

ちょうど中学三年生の頃は、長渕剛にはまって、カバンや部屋にいろいろ長渕の写真をはりつけていた。自分の部屋もあったし、長渕の曲を聴きながら、絵をかくのが好きで、よくかいてたな。

それと、辰吉丈一郎のファンになって、ボクシング見て、自分もボクシングやりたいって思ってた。

卒業する頃、女子ボクサーになりたいって思い、いちおうそれが夢だった。

こんな自分でも、卒業してから、働きながらボクシングジムに通った時もあった。けど、女子ボクシング界ってないし、あっても視力がないから、絶対無理だって思ってやめた。

ちょうど夜間高校に行き始めた頃は、いつか東京へ行って、一人暮らしして、洋服屋で働きたいなって思ってた。東京や大阪みたいな都会に行きたいなぁって、いろいろ計画たてたりしていた。

夜間高校も、ほとんど制約もなく自由だったし、何より部活をみんなでやってる時は楽しかったなぁ。

それに、高校二〜三年頃は、バイクが欲しくなって、頑張ってバイトをして手に入れた。

女が乗るにはスゴイ、アメリカンタイプで四〇〇ccのほとんど改造した、ドッドッドッドッってバイク。仲間を乗っけて、海行ったりもした。好きな人と一緒に走った時は、とくにうれしかったなぁ。

学校の仲間は、よく家に集まって騒いでた。(お父さんの家)

けど、高校の単位落っことして、みんなと一緒の卒業は無理ってなってから、つまらなくなった。

部活もなくなったし、一人残された気がして、高校を辞めた。

大事にしていたバイクも、車の免許とるしってことで手放した。

みんな、それぞれ働き始めて、集まることもなくなったし、遊ぶことも少なくなって……。その頃からかな、夢も希望も楽しみも、やりたいと思うこともなくなったのは……。

勤めてたコンビニも辞めた。長く勤めてたから、みんな仲良く家族みたいで、楽しく働いてたなぁ。

一気に人とのふれあいや、人との会話、人と接する生活がなくなった。

そして、自分はクスリに手を出し、クスリにはまり、家に閉じこもるようになった。

クスリが親友だとは言わないけど、クスリとの付き合いしかなくなっている。

クスリは、ふれあいも会話もないのに……。なぜか切れない絆《きずな》の関係になってしまった。

先生が言うように、自分が一番さびしかった頃、それをねらっていたかのようにクスリと出会ったんだ。

けどクスリとの出会いは、笑顔にもならず、夢も希望も楽しみも何も与えてくれない。与えてくれたのは、苦しみと、一番のさびしさ、怖いと思わせる心だ。

クスリと付き合っている今、こうして昔のことばかり思い出す。あの頃、あの時は楽しかったなぁ……と。

本当に毎日が楽しかった。毎日の変化が新鮮だった。腹をかかえて大笑いしたり、傷ついて涙流したり、喜んだり、うれしかったり……。

何気なく喜怒哀楽を感じて、顔も笑ってた。心から感じてた。

心が、とってもきれいだった……、からっぽだった。あの頃は……。


ジュン、少し落ち着いてくれましたね。ちょっぴり安心です。いつも言っているように、ドラッグはどんなものでも、それを使いさえすれば何の努力もなしにあっという間に嫌なことを忘れさせてくれます。しかし、切れれば苦しさが何倍にもなって返ってきます。そして、ドラッグを使い続けている限り、人生の時計は止まってしまいます。からだだけが急速に老いていき、心の成長はまったくありません。

一五歳からドラッグを使い始めたとします。その人の精神的な成長はそこで止まってしまいます。ジュンのように一九歳になっても、精神年齢は一五歳のままです。ジュンの人生の時計も、今まで、もしかすると今も止まったままです。何とか動かさないと。

喜怒哀楽の話、よくわかります。ドラッグは、人間の感情をつぶしていきます。一回一回、一日一日の乱用が心をむしばんでいきます。そして、人間を無気力にしていき、喜びや哀しみの感情を奪っていきます。ジュンが人と会いたくないのも、家に閉じこもっているのも、ドラッグの影響が大きいでしょう。また、ジュン自身の生まれつきの性格が引っ込み思案で一人でいるのが好きだったために、このように深くドラッグにはまってしまったともいえるでしょう。

今のジュンに、まだ哀しみの心は十分に残っています。ジュンにとってこれはつらいことでしょうが、しかし救いなんです。この哀しみの心さえ失ってしまったら、そこには死しか残りません。ジュンには、今私がついています。喜びを一日一つでもいいから探しましょう。ジュン、道路の横にでもどぶの側にも、必ずといっていいほど、春や夏になれば花が咲いています。一つひとつは小さくて、一生懸命目をこらし探さないと見つかりませんが、よく見れば鮮やかに精一杯咲いています。まずは、これを探しましょう。ジュンの周りにもいっぱい咲いているはずです。

ジュン、ドラッグはやめよう。私の精一杯の願いです。このままでは、ジュンの心もからだも壊れてしまいます。

クスリのお兄さんが来た

一二月一四日(月)

一二月一四日(月)、昼過ぎ頃、クスリのお兄さんから電話が来た。話の内容は、「クスリ持ってたら、何回分かもらいたい」というものだった。全部あげることはできないが、数回分ということで、気分良くあげた。何時間か車の中で、ごく普通の会話をしていたら、いきなり走り出した。走り出したことにビックリしてたし、どこに行くのか不安だった。コンビニに行ったり、ガソリンを入れに行ったり、最終的には、クスリをやる場所を探し始めた。結局、人の来ない山に車を止めた。水は買ったし、ポンプは車の中に隠し持ってたらしい。

まず、男がやった。自分はやるつもりもなかったし、やるとも思ってなかった。けど、男が、「せっかくあるんだから、一緒にやろう。やってあげる」と言ってきた。でも自分は、男と出会う前に左手甲にやってきていた。けど、やってもらった。

やっぱりすぐには入らず、何回も刺して、やっとできた。とくに感じなかった。やり終わったら、すぐ山をおり、家の近くでおろしてもらった。

男は、「もらったぶん、必ずお礼をするから」と言い、去っていった。

男といたこの何時間、よく考えてみれば、結構楽しかったと後で思った。

もちろん、男に惚《ほ》れたわけでも、気に入ったわけでもない。

たぶん、久しぶりに人と会って、話して、車で動いたせいだろう……。

まだ、お互いに知り合ったばかりで、名前も知らないというのに……。

今日は合計して二回やってしまった。けど、これといった快感は感じなかった。

でも、効いているというのは、何分か過ぎた頃から、ジワジワと体内で感じた。

いつものように手足が冷たくなり、のどはかわかないが口唇が乾燥し始めた。

夕食はとくに食べたくないが、母がいるから少量食べた。

いつものように、一一時すぎ頃おフロに入ろうとしていたら、母がどこか出かけていった。注射痕見られないからラッキーだった。いつもは母が寝てから入るから……。

おフロあがってくつろいでたら、一二時頃先生から電話がきた。

クスリやったことは、正直に言った。やってしまったことは仕方ない。

先生、やっぱり手元にあっては、やらずにいることはなかなかできないよ。手元にきた初日、やらずにいられるかなって少し思ったし、我慢しようと思った。けど、一回手をつけたら、やらずにはいられなくなっちゃった。

「少しだけなら」、「あと一回やったらもうやらない」、「もう一度だけ」……と聞こえる。

そうなったら、ズルズルとやるようになる……。わかってるんだけど……。


ジュン、スリップが続いていますね。クスリを持っている限り続きそうですね。でも、正直に言ってくれてよかった。私は、スリップしたジュンを叱ろうとか、責めようとかなんて考えていません。ジュンは、クスリを自分の意志や力ではやめることのできなくなった依存症という病気なのですから。だから、治療が必要なのです。私と話すことも、たしかに一つの大切な治療ですが、まずは、君のからだや脳がどのような状態なのか病院できちんと診察してもらうこと、これが今、ジュンにとってもっとも大切なことです。

それともう一つ、今までのクスリが作った人間関係を切り捨てることです。まずは、携帯電話を処分すること。これだけでドラッグの魔の手は相当遠ざかると思います。携帯電話はドラッグ以外の友人との交流に必要だからとか、言い訳をして処分できないようでしたら、それはジュンの中に、まだクスリを使い続けたいという気持ちがあるからです。このままこれを繰り返していけば、行き着く先は刑務所や精神病院の中か、警察の死体置き場しかありません。ジュン、私はそんな君を見たくありません。

注射器も、ずっと同じものを数ヶ月も使い続けているようですし、他人と同じ注射器で「回し打ち」もしているようですね。私が関わった多くの若者が、この「回し打ち」で肝炎などの感染症にかかっています。これも心配なのです。ジュン、君は今、滅びの道を歩んでいます。

ジュン、今日の電話で私に言ったね。「もう、どうでもいいんだ。私なんか死ねばいいんだ」って。これはないよ、ジュン。君が死んだら、私はどうしたらいいんですか。たしかに私は、君が死んだとしても、今まで通りドラッグに苦しむ若者たちと生きていくでしょう。確実に、第二、第三のジュンが、私が生きている限り、私のもとに来るでしょう。でも、私の心には大きな穴があきます。私の心には、もうすでに九個の大きな穴があいています。いつもこの九人の若者たちのことが頭から離れません。苦しいです。なぜ、彼らを死なせてしまったのか、私が殺してしまったのではないか。いつも問い続けています。ジュン、絶対に一〇人めにはならないでください。これだけは約束してください。

ジュン、ともかく毎日できる限り電話します。私が君のところに行く一二月二三日までもう少しです。一日一日と、クスリなしの日々を積み重ねてください。

Ⅲ

死にたい、先生……

先生、私を見捨てますか？

一二月一五日(火)

一二月一五日(火)、やっぱり我慢できず、またクスリをやってしまった。

昨日の夜中、先生からの電話でいろいろと話した後はこう思ってたのに……。

「苦しいけれど、しばらくの間我慢してやらないようにしよう」と。けど、起きたらだるくて、やっぱり手をつけてしまった。我慢できなかった……。

でも、昨日までの注射で唯一の左手甲もほとんど入らなくなってしまっている。

というわけで、簡単にすませるため、仕方なく久しぶりにアルミにのせてあぶった。全然感じないいし、かなりのものたりなさと不満さを感じた。

でも、何もしないよりは良かった。

三時頃、クスリの男から電話がきた。

「暇ならば、昨日のお礼ということで、食事でもしよう。それと一回分またもらいたい」と……。

自分はお腹すいていなかったけど、一回分パケ詰めし持っていった。

食事はお互い軽い物を食べた。昨日のように、友達っぽく話しながら……。

店を出たのは四時頃。その帰り、男の友人宅へ行った。

その友人という奴は、男の三つ年下で、男の職場の目の前のパチンコ屋店員らしい。友人宅は、自分の家から三〇分くらいの所。男の一人暮らしって感じで、ちらかっていた。

男二人は、職場が近いことから知り合い、男がその店員にクスリを教えたそうだ。昨夜二人は、自分があげたクスリをやりまくり、朝までゲームをやってたとのこと。

三人で話しながらも、クスリの男は、さっきあげたクスリをやろうと用意している。三人は、付き合いの長い友達仲間のように話をしていた。一時間くらいで部屋を出、送ってもらった。

男が目の前で注射していたから、すごくやりたいという気分になっていた。

家についたのは五時半。もう母が帰ってくるからできるわけもなく、ブルーな気分。

すでに母が帰宅した六時には、完全にきれて、横になったまま動けなかった。

そのうえ運悪く、母は夜の仕事も休みの日で、のんきに洗濯なんかしていた。

母が寝たのは一〇時半。それまで、だるさ、割れるくらいの頭痛、からだの痛みにやられていた。

とくに目立ったのは、髪の毛を何度もかきあげ続けていたことだ。

またクスリやろうとしたけれど、夜中起きているのほど暇なことはないから、諦めた。

おフロ入ったら、さっきまでの苦しみがなくなったから、こうして書いてる。このまま寝るのがベストだろう。けど、あれほどやりたいと思ったことと、きれて苦しかった思いは久しぶりだ。

今すぐにでもやりたいと思うようになってしまった今日、また、完全にはまったと自分で感じた。

「もう一度だけ」というのが、一度ですまないものだと、心から実感した。

明日もまた、我慢できずやってしまうだろうな……。今、我慢してるだけいいのかなぁ……。

先生、ここまではまっちゃったけどなんとかしてくれますか。見捨てますか。

ジュン、一喜一憂ですね。今日は一日、クスリなしの日を過ごしたと聞いてとてもうれしかったです。でも、ジュンが電話で言っていた通り、このような日々の繰り返しの中で明日はきっと我慢できずにやってしまうでしょう。この地獄のような苦しみの輪から抜け出さなくては。ジュンは、抜け出したくて私に最初の手紙を書いたんですよね。まだ、あれから二週間しかたっていないんですよ。あの時の気持ちに返ってください。

ジュン、ともかく、ジュンを理解してきちんと側で見守ってくれる人がたくさん必要です。ジュンにもずっと前から言っているけれど、M医師、精神保健福祉センターのDさん、保健所のIさん、この三人は、ジュンからの連絡を待っています。ぜひ、会ってみてください。

でも、一つ本当のことを言わなくてはなりません。私は、隠しごとやうそは嫌いですから。もしかしたら、彼らに会うことは無駄かもしれません。哀しいけれど。実は、私は君に黙って、今日この三人のうちのDさん、Iさんに電話しました。それは、彼女たちに今のジュンの危機的状況を伝えたかったことと、彼女たちに君の家に行って欲しかったからです。そして、彼女たちに、「私たちが、君の側にいるから、何かあったらいつでも相談して」と言って欲しかったのです。正直に言いますが、私は、失敗し失望しました。彼女たちの口から出たことばは、「君から相談があれば、対応できるのですが」とか、「上司に聞いてみないと」というものでした。彼女たちの立場を考えれば無理もないのですが、私はとても哀しくなりました。私は、彼女たちに動いて欲しかった。せめて電話一本でもいいから、君にかけて欲しかった。

こんな状態なのに、ジュンから電話して欲しいと言っていること、矛盾しているかも知れません。でも、ジュンには人が必要なんです。他人から変に思われたり、嫌われたり、粗末に扱われたりすることを怖がらないで、求めてみてください。「求めよ、さらば与えられん」、これは私の大好きなことばですが、まさにこのことば通り試してみてください。少なくとも君の側には、どんな時でも私はついています。絶対に。

ひどい母、かわいそうな父

一二月一六日(水)

母は、自分のこのことについて何も知らない。気づいてもいない。

とくに注射痕が見えたわけでも、やってるところ目撃したわけじゃないからか、自分に変化がないからか……。自分も、みんながいる時は食事もとり、夜は遅くまで起きてても必ず眠るし……。

だから気づかない。気づかれるような変化や様子が何一つないのだろう……。もともと自分は、一日三食なんてほとんど食べないし、大食いでもなく、食欲もない。食事なんて、お腹がすいた時に食べ、おかずへのこだわりもなく、納豆でもあればという考えだ。

だから、食事いらないと言ってもおかしくないし、激やせでもしなけりゃ本当にわからない。

激やせだけはまずいから、自分でもそれなりに計算して食べている。

一時期、九月頃、クスリもなくなり、妊娠していた時は、少し太った気がした。けど、一〇月に子どもをおろした直後から、クスリの苦しみで、ガスを毎日のようにやった。

ガスに毎日のようにはまっていた頃、一ヶ月ぶりくらいで妹と顔合わせした時に、妹は、「何かやせたんじゃない。顔がものすごいやつれたというか、こけた感じがする」と言った。

ちょうど髪を切ったばかりだったし、一ヶ月ぶりだったから、気のせいだろうと、自分は思った。

でも、よくよく見れば、頬《ほお》や肩まわり、胸元がスッキリとした感じだ。それに、いつもはいているジーパンが、さらにダボダボになり、ベルトをしてもさがってくるのに気づいた。

やっぱりやせたのかも……。母は全然気づいてないらしく、何も言ってこなかった。

昔から、母も父も小さなことでも気づくほうではなかった。

そして、今回また一二月に入ってから、クスリをやるようになり、さらにスッキリとしやせたと思う。

注射やるから、また左手甲にしっぷをはっているが、母は何も言ってこない。

父も、数日前に二ヶ月ぶりくらいでこの家に来て顔を合わせたが、何も言ってこなかった。

二ヶ月も会っていなかったから、やせたことに気づくかなぁ……と少し思っていたのに。

とくに父に対しては、秘密にしていることが母も自分も妹もある。

ちょっとしたことでもうるさく騒ぐから、誰も言わない。自分の妊娠も中絶したことさえも……。

父、母、とにかく鈍い。鈍いことで子どもなりに助かっている時も何度となくある。

子どもに対して、そんなに見てるほうでも心配するほうでもなく、勝手にどうぞってな感じだ。だからこそ、ちょっとした子どもの変化、やせた、太った、体調が悪いなど気づくわけもない。

そんな親だから、自分の本当のことを知ったときはどうなるのかと考えてしまう……。

まったく気づいてもいないから、いきなり正体をバラすのもどうかと思い、バラしにくい。

今回ばかりは、その鈍い性格が、面倒なもので邪魔に思う。

いつか正体をバラすこととなっても、母はやっぱり父には言わないでいることだろう。

父はある意味でいろいろかわいそうだと思う。それについてはこれから話す。

でも、本当にすべてうち明けた後、母、家庭には、どう変化が現れるのだろう。

そのことを考え出したらきりがない。まったく読めない。予想もつかない。

母は今四〇歳、まあとにかく看護婦として仕事は真面目に働くほうだ。

性格は、短気で時に物にあたる癖がある。細かいことが嫌いで、全体的にだらしない。とくに金銭面にだらしなく、悪い癖があり、少しずるいところもある。

金銭面の悪い癖とは、借金することで、それが原因で四～五年前に父と離婚となった。

金銭面のずるさとは、自分に借りて約束の日に返さず、借りたことを忘れようとするところだ。

自分が高校一年の頃、貯めておいた三〇万円を借金の返済にあてるため借り、なかなか返してもらえなかったし、結局は全額は返してもらえなかった。今となっては話にも出ないが……。

借金は母が自分の母親などのために借りはじめ、額がふくらみ、何件にも増えたそうだ。そのうえ、勝手に父の名前も使い借金、払えずお手上げになった時、初めて父はすべてを知った。

父は何も知らず、長年、昼間は板前、深夜は代行の運転手として働いてきた。

普通にしていれば、板前と看護婦で、十分何の問題もなく生活できたはずだ。ましてや離婚なんて……。家庭が壊れ、真面目にやってきた父は、とくに衝撃が大きかったことだろう。

しかも父は、離婚の数ヶ月前、ヘルニアで歩けず、手術したばかりのからだだった。

からだをこわすほど父が働いている、その裏では母は多額の借金……。そして、唯一仕事の疲れのとれる、いつも帰れば子どもたちがいるやすらぎの家までも、父は失った。

からだも痛みで思うように動けないため働けない、そんな父を、母は働きもしないで遊んでいるとか、生活していけないなどといい、別居することとなった。

ここから三〇分くらいのところに部屋を借り、自分も高校が近いからと、父と一緒に出ていったのだ。

この家に父は出入りできないが、お互い近いからよく集まっては顔を合わせる。

多額の借金は、自己破産するしかなく、とりあえずは片づいたようだった。

父のことを考えれば考えるほど、母のしたこととだらしなさが許せなく思う。

今は父もすし職人として働き、自分もこの家に戻ってきたが、母のだらしなさは変わっていないようだ。

部屋の中には母の服があふれていて、もう使っていないものなどが、積み重ねて置いてある。

金銭に余裕がないなら、生活面で節約したり、買い物を少なくしたり、いろいろ考えればいい。なのに、まったく細かいことはせず、出かけるたびに、三女にはおもちゃなど不必要な買い物をしてくる。

生活が苦しいからと始めた、週二〜三回の居酒屋での夜の仕事。それなのに、仕事が終わってから飲み遊ぶ時もあり、最近では、また借金があると母は言っていた。

自分には、このような母の行動や考えが理解できない。母の性格は、自分が一番嫌いな性格だ。

人が仕方なく細かいところを片づければ、必ず母はおもしろくない顔をし、機嫌が悪くなる。ちょっとしたテーブルの上や台所も、食べっぱなしや使いっぱなしのままにする。

帰ってくれば、脱いだジャンパーや着替えた服を散らかしたまま、その辺ですぐに寝てしまう。

自分は、ちょっとした散らかりも気になるというのに、平気でよごし散らかすから腹が立つ。

だから、母がいる時は嫌なんだ。そのうえ、「あんたは何もしない」と言ってくる時がある。

自分のこと棚にあげて人のことを言うから、殴り倒したくなる時もある。


自分は今、働きもせず、「援助交際」のおこづかいがあるからこそ、こうして生活できてる。

月額平均二〇万円くらい、もらえるときは三〇万円くらいにもなる。ごく普通に服を買ったり、携帯料金を払ったり、最近では本を結構買うようになった。誰とも遊ばないから、遊びにはかからない。

援助での生活費を、母は時々貸してと言ってくる。借すのは、一～二万円くらいだし、前に比べて返すようになったし、必ず返してもらってる。逆に、自分が母から金を借りれば、母は毎日のように請求してくる。

「援助交際」のおじさんと会った時などは、「今日はいくらもらえたの」などとまで聞いてくることがある。だから最近では、額を少なく言ったり、もらってないなどとうそをつく。

援助のこと怒りもせず、逆にその金を借りるなんて、母親として信じられない。母は自分ではお金を使うが、子どもたちにお金がかかるのはおもしろくないみたい。ちょっとした体調の悪さで、病院に行こうとすれば、行くほどのことじゃないと言う。

病院に行くこと自体お金がかかるから、ほとんど病院に行かせない。「保険証貸して」と言うだけでも、細かく聞いてくるから言いずらい。

自分が「妊娠した」と母に話した時、「お金どうすんの」とまず母は言った。それ以外何も言わず……。

自分は、出してと頼むつもりもなかったし、出してもらおうとも思っていなかった。頼んだって手術代持っているわけないし、そんなこと最初からわかっていたから……。

母は子どもの治療費も手術代も出せないし、出すことがおもしろくない。

だから、自分がクスリ乱用のために、どこかの病院に入りたいなんて話したらどう思うだろう。

たぶん、自分がクスリをやっていることよりも、入院費などのことを考えると思う。

母はお金がかかることを嫌がる。わかっているから頼みたくないし頼めない。だから、病院に行くこと、入院することに対して、あまり気がのらないし、なるべくなら避けたい。

まして、病院ではないにしろ自分がどこかの施設に入ることになれば、母はもっと都合悪く、おもしろくないだろう。

三女はまだ小学校一年生だし、次女はあまり家にいないし、私が家にいないと夜の仕事に行けなくなってしまうから。

母は何があってもまず自分のことを考える。影響はないか、面倒にならないかと。自分のことは、他人に何とかしてもらい、他人のこととなると嫌な顔をし、関わりたくないらしい。

自分がしていることで、どれだけ嫌がられているか、どれだけ周りの人が傷ついているか、家族に被害がきているか、母は全然気づいていない。わかっていない。

自分たちは我慢できるし、どうでもいいが、父は一番傷つき、かわいそうだ。

父は、常に笑顔で自分にこう話す。

「お父さんは、お母さんもみんな大好きで一番大事。みんなで一緒に生活したいけど、もうそれはできないなぁ。お前も今はお母さんのところに行っちゃったから、お父さんはいつも一人ぼっちだ。でもいいんだ。お父さんが我慢すればいいことだし、みんなが元気で楽しいなら、お父さんはそれだけでいいんだ」とさびしそうに……。

そんな父を一人にし、小さなことでも仲間はずれにする母は悪い奴だ。母がみんな壊したんだ。

真面目にやっていた父が悲しくなり、こうなった原因を作った母が平然としている。あまりにもひどい人生だ。

こんな家族見てられないし、もう嫌だ……。


家族のこと、初めて話してくれましたね。君がお母さんにクスリを使っていることを知られたくない理由がよくわかりました。今までも、お母さんに対しては、電話でも非難することが多かったし、両親の離婚についてはは聞いていましたから、だいだいの状況は想像できましたが。

　たしかに、君のお母さんは君が望んでいるような母親ではないでしょう。それどころか、君にとって最も嫌な人間かも知れません。しかも君は、選択の余地もなく暴力的にこのようなお母さんの子として生まれてしまいました。これは、きっと君にとっては不幸なことと感じていると思います。でも、これを今嘆いても何になりますか。

　私は、昔、障害児を扱う学校の教員をしていました。そこで、教えられたことがあります。ジュンは障害と病気の違いがわかりますか。病気は治療すれば治りますが、障害は治すことができないのです。だから、私がいた学校の子どもたちは、自分に与えられた障害を、越すことのできない事実として受容することから、その人生の第一歩を始めていました。親も同じです。子には選ぶことができない。その親の子として生まれてきた以上、それを受け入れるしかないのです。でも、そこはスタートであり、そこから自分の力で明日を拓いていかなくてはならないのです。親は選ぶことができませんが、親を捨て、自分だけの人生を拓いていくことはできます。

　私は、ジュンはもう知っていると思いますが、人間が大好きです。人間を信じています。ジュンは、お母さんのことを許せないぐらい嫌っているようですが、人間は変わることができます。私は君のお母さんと話がしてみたいです。きっと、お母さんにも母さんなりの苦しみがあり、今を迎えていると思います。

以前に、野に咲く花の話をしたことがあったと思います。どんなに雑草がはびこったところでも、きちんと下を見つめていけば、けなげな美しい花を見つけることができます。君のお母さんは、これまでの人生で、心に雑草をはびこらせてしまったのかもしれません。でも、必ずお母さんの心の中に美しい花が咲いていています。もし今は咲いていなくても、その芽はあります。それを咲かせていけばいいのです。人間関係とは嫌なもので、ともすると人が人をいじめ、苦しめ、お互いの心をボロボロにしていきます。でも、もしもお互いに思いやり、やさしくお互いの心を育てていけば、そこには大きな大きな花が咲きます。私はこう信じてこれまでの人生を生きてきました。ジュンも考えてみてください。

苦しんでいる君に、冷静にこんなことを言うことは酷かもしれません。しかし、わかってください。こう考えないと、今の君は救われません。

今日君に言ったことば、実は、自分自身に対しても言っていたような気がします。どんな人にも、どんな社会にも、きっと美しい花は残っている。誠実に生きていけば、きっとみんなにわかってもらえる。本当にそうなんでしょうか。ある若者は、私に、「そんなに世の中は甘くないよ。そんな馬鹿なことを言ってたら、みんなに食い物にされちゃう」と言い切りました。彼の言う通りかもしれません。私は、ジュンを含めた私の周りにいる若者に、夢を吹き込み、社会の餌食《えじき》にさせてしまっているのかもしれません。でも、私は人間を信じたいのです。君が私を信じてくれているように、すべての人間の良心を信じてみたいのです。

大好きなクスリをやりながら死にたい

一二月一七日(木)

一二月一六日(水)、昼一二時ピッタリに目が覚めた。それまで熟睡だった。ここ最近、朝方四時頃にも目が覚め、また八時頃に目が覚めるというリズムだったのに……。

久しぶりに、昼まで一度も起きず熟睡した。

目が覚めた瞬間から、心もからだもすべてがどうしようもないほどだるくて、まったく動かせなかった。

頭が起きてから、からだが動き出すまで、しばらく時間がかかった。動き始めてから、頭の中では、「もうクスリやるしかない。やらずにはいられない。やろう……」と、同じことが何度もグルグル浮かび、有線放送のように響き聞こえた。

今日は珍しく、部屋の掃除より何よりも、クスリを先にやらずにはいられなかった。

けれど、こういう気分の時に限って、なかなか入らず、時間もかかりイラだつものだ。

しばらく注射はできないと思っていたが、注射以外でやりたくなかったし、注射がやりたかった。

まずは、めったに入らない腕へやったが、やっぱり両腕ともまったく入らなかったからあきらめた。

唯一頼りの左手甲も、ここ最近でかなりの腫《は》れと数十ヶ所の注射痕で穴だらけになっている。足首とか、新たな場所を細かく探したが、見つからず、どうしようか焦りイラだった。

結果、穴だらけでボロボロの左手甲しかなく、できそうにないが、祈りながらやるしかなかった。穴だらけで刺すところもないが、とにかくやり続けるしかなく、約二時間半が過ぎた。

掃除などやることがあるというのにと焦りだした時、かすかだが血が入り、もれてもいいと一気に押し込んだ。

思ったほどもれずに入ったみたい。やっぱり入った時のあの感触がさっぱり感じない。それでも入っているから、体内や自分自身への変化は感じる。やっと動けるようになった。

後回しになっていた、掃除、洗い物、フロ掃除、米炊き、洗濯物の取り込みを片づけた。

けれど、夕方五時頃ボーっとし始め、みんながいるとき切れるかと思うと、またやりたくなった。

三女も帰ってくるから、急いであぶりの準備をした。せめてあぶりで吸っておこうと思ったのだ。一回分を数回に分けて吸い込んだが、なぜかものたりなすぎた。やったとは思えないほどに……。

三女が帰ってくる様子もないから、二回目をやることにし用意した。かなり素早く動いた。

二回目のせいか、それなりに感じ、それなりに楽しんだ。どことなくはまってしまい、異常なほどの興味を抱き、さらに素早く準備し、三回目をやらずにはいられなかった。

ちょっとのつもりだったが、三回ぶっ通しであぶり吸ってしまった。でも、とくに感じない。

でも、それなりには効いているので、こうして書き物をしている。

今は、一七日となってしまった深夜一時半、母は一二時頃寝、次女はまだ起きているようだ。

自分もこれからフロに入って、暖まったら布団に入り眠るつもりだ。けれど今日は眠りにつくまで、布団の中で時間がかかりそうだ。後先考えずに、注射と三回もあぶってしまったから……。

今となっては、何であの時三回もやってしまったんだろうと思う。やることに夢中になり、やり続けた。

けれど、気持ち的にはそういい気分じゃない。かなり落ち着いている。

毎日、少しずつはまっていき、日々どんどんと繰り返して続けていくようになるんだろう……。

先生、こう思う。自分がはまり続けているクスリを、やりながら死ねるのは一番だと。

もちろん、そんな死に方はよくないし、人生もったいないことだろう。

けれど、自分にとっては何よりいいのでは……。はまっているものと同時に終われるのだから……。

クスリを手放し、苦しみに耐え、いい人生を送って過ごすのが一番だとはわかってはいる。だけど、苦しみながらもクスリをやめ、本当にいいことやいい人生を送れるのだろうか。

クスリをやめて生活していき、嫌な思いをしたり、悪いことばかりみていくくらいならクスリで死にたいと……。

自分が大好きなクスリで、楽しいと思いながら終われるのが一番だよ、やっぱり何よりも……。

この人生、真面目に生き残っても、やりたいこともないし、いいことなんてほとんどないいんだから。

死んでもいいとクスリをやり続けて過ごし、いつかは捕まるかもしれない。

かといって、捕まる覚悟まではなく、捕まるくらいならばその前に死んだほうがいい。

檻《おり》の中で生き、生活していくことほど嫌だと思うことはないだろう。

やり続けていけば、絶対に捕まらないとはいえないし、いつかは必ず捕まることになる。やればやるほど、捕まる日へと近づいていくのだろう……。捕まることと、捕まった時のことを考えると、ものすごく怖い。捕まりたくない。

それでもやりたい、やめられない……、ここまで腐ってからは、どうしようもない。

大好きなクスリをやってても、時々死にたいと思い、死にたくなる時がある。

クスリをやってて、こんな生活でいいのか、こんな人生ならば死んだほうがいいかなって……。

大好きなクスリに対して、ものたりなさ、つまらなさ、嫌気を感じるようになったら終わりだ。

本当に、自分の楽しみも、生きがいも、すべて何もなくなってしまう。

そうなってしまうのかと考えることも、ある意味で怖い。

けど、自分の今までの人生、何も自慢できることなどないけど、楽しかった。地道に、そこそこうれしさや楽しさを感じてた。

この一二月に、水谷先生と出会い、知り合えたことが何よりもうれしく、最大の出来事だ。

水谷先生と出会えたことで、自分の人生満足してるし、もう何も望まない。先生と出会えたことだけで、最高の人生だったと心から満足している。先生と出会えたから、もう他はどうでもいいし、このまま終わっても何の悔いもない。やり残したことも、いいたかったこともなく、最高の人生だった、楽しかった、幸せでした……と。

今すぐにでも、明日にでも、先生と会えた次の日にでも、いつでも準備はできている。

こんな自分が生きていても、世のためにも人のためにも自分のためにも、何にも役に立たないし……。

自分がいなくなっても、何も変わらずやっていける。それに、先生にとっても自分がいなくなったら、変に心配したり、迷惑がかからないから、忙しい先生の心に、ほんの少しゆとりと、先生自身が楽になれると思う。忙しい先生に、こんな自分のことで手間ひまかけさせることはできないよ。

今は、朝方の三時半、男からの連絡で携帯が鳴った。

「客から二万円分頼まれたけど、ないから、残っているなら二万円分助けて欲しい……」と。

「この時間にパケ詰めできない」と言ったら、「何とかなるから」と言われ、手持ちの物を持ち、家を出た。

客の家へ向かう走る車の中で、パケ詰めして、客のところへ男が運んだ。

その客から、物代として二万、お礼としてポンプ一本をもらい受け取った。

数日前にも何度か分けたし、今日二万円分あげ、残り七〜八回分あるかくらいまでに減ってしまった。

ちょっと分けて、二万円とポンプをもらったのはうれしいが、残り少なくなったさびしさのほうが大きかった……。

しかも、帰りの車の中で、男からも一回分頼まれ、また少し減ってしまい、あと五回分くらいとなってしまった。

どんどん減っていくクスリへのさびしさと不安を感じた。

この残り五回分が本当になくなったとき、あの苦しみが来ると思うと……、考えてしまう。

逆に、その時こそが、本当にやめる機会なのかもしれない。

家に戻り着いたのは、朝方五時。母にばれないよう、すぐ布団へと入りいろいろ考えた。ふと気がつき起きたら九時だった。いつの間にか眠り、三～四時間は寝たようだ。

あぶりも三回もやれば効いたらしく、すぐ目が覚め、おフロに入った。とくに顔、からだの変化はない。

食事しなきゃまずいと思いながらも、おフロからあがってすぐ、注射の準備をしやり始めた。

もらったポンプを使い、なるべくなら足へと探し始めた。おフロあがりのせいか、かすかに血管ぽいのが左膝の少し下のほうに見え、とりあえずとやってみたら、二回目でやり終えることができた。

こうすんなりとできたのは初めてだ。妙にうれしく信じられなかった。たった五～六分なんて……。

漏れもせずきれいに入ったみたいだが、やっぱりあの感触は感じなかった……、なぜ。

おフロあがりのせいか、急に暑くなり、またいつものように手足が冷え始め冷たくなった。けど、効いているため、掃除などにからだは動かせた。そして、今一一時半、また書き物をしている。

今日は食事もして、ちゃんと寝るつもりだ。そろそろからだへの影響もやばすぎるから……。

けれど、クスリはあって五回分、あと数日後には必ずなくなる。

先生と会える二三日は、どんな状態になっているだろう……。何とか効いているか、苦しんでいるか……。

クスリがなくなるのは嫌だ。できない日々はもっと嫌だ。たまらない苦しみが怖い。怖すぎる。

とくに最近、ぶっ通しだから、そのぶん今まで以上に苦しむかもしれない。

どんな苦しみが自分のことを待ちかまえているのだろう……。最強の苦しみが迫ってくる。

少しだけと再び手を出したのが悪かった。そんな自分が悪いから、苦しむのは当たり前だ。

まして、クスリには苦しみが必ず付きものなのだから……、苦しみによって自分はどう変わるのだろう……。

クスリがなくなれば、今の自分でもいられず、今のような生活までもできなくなる。

自分はクスリに左右され、最も遊ばれている奴だ。最高の獲物として……。しつこいほどもて遊ばれ、いつかは食い殺されるのだ。決してふりはらうことも、逃れることもできずに……。目をつけられてしまった今、もう手遅れで、どうすることもできない。どうにもならない……。

唯一の頼りは先生だけ。先生に見捨てられた時、本当に自分は消えてしまうだろう……。

こんなだめな自分だけど、先生は「力」になって助けてください……。もう嫌ですか。


ジュン、私は焦っています。私と知り合う前のジュンは、必死でクスリから逃げようとしていました。だから、私の本を書店で見つけ、手に入れ、そして読んで、私に手紙を書いてくれたのだと思います。簡単に言えば、「底つき」をしていたのだと思います。

ところが、私と知り合ってしまってからは、私が君のことを見捨てないで側にいるということで、甘えてしまってクスリを使い続けているように思います。これは最悪だよ。こんなことになるなら、私は、君の側にいないほうがいいんですよ。

ましで、このごろ電話で、死について話すことが多くなっています。これも、もしかするとジュンの私に対する甘えかもしれませんが、私にとっては苦しみです。私は、君の「クスリから解放されるための力」になりたいのに、どうも今は、「クスリを使い続けるための力」になってしまっているようです。

私は、今日決心をして、ジュンの住んでいる地域の所轄の警察署に電話を入れました。そして、薬物担当の課長に、ジュンの名前や住所こそ言いませんでしたが、このように苦しんでいる少女がいることを伝え、ジュンのもとに担当者、できれば婦人警官か麻薬相談員を送ってくれないかと頼みました。君の周りに一人でも警察担当者が近づけば、君がクスリを使うことができなくなると考えたからです。ところが、返ってきた返事は、「自首をするように説得してくれ」でした。取締関係者は、どうも逮捕することしか考えません。君のところにちょっと立ち寄って、少し話をしてくれるだけでも、クスリをやめるための大きな動機づけになるのですが。どちらにしても、私のやろうとしていることは、このごろ失敗続きで、頭を抱えています。

人間は、ことばや本だけでは育ちません。人間同士のふれあいの中で喜び、哀しみ、苦しみながら育っていくものです。どうして君の周りにいる人たちは、君のところに行ってくれないのでしょう。ちょっと立ち寄って、ちょっとふれあってくれるだけでいいのに。でも、ジュンにも同じことがいえます。どうして、私の知り合いと連絡を取ってくれないんだろう、どうして横浜に来てくれないんだろう。

このままでは、ジュンは確実に廃人になるか、死んでしまいます。私の頭に、ジュンを強制的にクスリから遠ざけることが浮かんでは消えています。ジュンは、今一九歳です。しかし、あと二ヶ月たてば、二〇歳になってしまいます。二〇歳を過ぎれば、覚せい剤使用や所持は、犯罪として処罰され、君に前科がついてしまいます。一九歳だからといって、必ず少年法の範囲で審理を受けることができるとは限りませんが、これはきっと私が何とかできます。

ジュン、昨夜、電話で君が言ったことばに、私は震えました。「もう手には、両方とも注射をする場所がない。心臓に打ったらどうなるかなぁ」って。私と知り合ってから、君は、どんどん自暴自棄になっている気がします。ドラッグの世界に、「イネイブラーにはなってはいけない」ということばがあります。「イネイブラー」、日本語では「援助者」あるいは、「無意識の共犯者」とでも言えばいいのでしょうか。私は君の「イネイブラー」になってしまっているような気がします。

ドラッグにはまってしまった人は、どんどん孤独になっていきます。この孤独は、ドラッグを使う人にとっては一番の苦痛です。そこで、誰か側にいてくれる人を捜します。その人が、たとえ怒り続けている人だとしても、自分に対して常にコミュニケーションを取ってくれさえすればいいのです。そして、「自分はまだ一人ではない」という安心感の中で、どんどん乱用を繰り返していくのです。多くの専門家は、ドラッグを止めるためには、「底つき」が必要だと言います。もうこれ以上ドラッグを使い続けることができなくなり、ふりしぼるように助けを求めていなければ、ドラッグの魔の手から逃れることはできないということです。この「底つき」のために、「イネイブラー」の存在は邪魔なのです。「イネイブラー」が存在する限り、「底つき」はできません。もしかしたら、いやきっと私は、ジュンの「イネイブラー」になってしまったようです。最悪のケースです。

ジュン、麻薬取締官というのを知っていますか。私は彼らの講習会の講師をしたことがあるため、また、ドラッグ関係の仕事をしているわけですから、知り合いがいます。今日は、彼らに電話しようと何度か電話機に手を伸ばしました。君たち若者のことばで言えば、君のことを「チクろう」としたのです。一度は、呼び出し音が出るまで電話機を握りしめていたのですが、結局切りました。今日はやめておきます。もう一度、ジュンと電話で話して決めようと自分に言い聞かせました。

私は二つの意味で、今悩んでいます。一つは、私の存在がある限り君はクスリをやめないという事実です。でも、こうやって心を開いて話し合っている今、私が君から離れたとしたら、今度は、私に捨てられたということで、自暴自棄になり、もっとクスリを使うでしょう。結局のところ、今のジュンは、このままではクスリの魔の手から抜け出すことができません。二つ目は、ジュンの年齢です。あと二ヶ月もしないで成人を迎えます。そうなってしまえば、逮捕がすなわち前科となってしまいます。私に助けを求めてくれた以上、これだけは避けたいと思っています。

今のジュンにとって一番いい方法は、捕まることかもしれません。少年として、家庭裁判所の審理を受け、何らかの更生機関に一定期間入所することかもしれません。強制的な方法ですが、こうすれば君は多くの大人や仲間に会うことができます。そこには、君にとって嫌な奴も当然いるでしょうが、多くのことを学ぶことができる素晴らしい出会いもあると確信しています。それに、少なくてもクスリを使うことは絶対にできません。また、命を絶つこともできません。私は、だんだんこの方向に考えが向いていっています。

ともかく、今夜の電話に賭《か》けてみます。ジュンに私の想いをぶつけてみます。そのうえで、明日にはどうするか決めなくてはならないでしょう。このままでは、ジュンの精神と身体は壊れてしまいます。今でも十分に壊れているのですから。そして、今、これを決めることは、ジュンの信頼に対する私の努めですから。

私はこのところ多くの専門家や仲間に君のことを相談しています。彼らに現在の君の状況と私との関係を伝え、どうしたらよいのか相談しています。しかし、誰からも、「こうしたらいいよ」あるいは「こうすべきだよ」という答えは返ってきません。みんな一様にことばを失ってしまいます。薬物依存症者への対応にはマニュアルはないということでしょう。個々のケースを扱う者が、それぞれのタイミングでどのようにすることがベターかを考え、自己の責任の中で行動するしかないということでしょう。

IV

さよならが、いえなくて

それでも今は勝てない

一二月一八日(金)

今の自分は、今までの中で一番クスリにはまり、こうしてやり続けていると思う。少し前の頃よりも量が増えた気がするし、毎日やってるし、何といっても一日に二〜三回やるようになった。

前も毎日やっていたけど、ほとんどが一回だったし、まして自分で何回もやるようなことはなかった。

けれど今は、起きてすぐに一回やり、また夕方頃に二回目をやってる。

昨日の一七日朝九時にやった後も、夕方五時頃に二回目をやったし、今日一八日も、一二時頃に一回と、ついさっき三時半頃に二回目をやったばかりだ。

昨日の夕方と今日の二回は、左足の膝下か太股にやっている。今日は、おフロ場で左足だけを暖めながらやり終えた。

この左足の膝下と太股を見つけてから、一五分かからずにできるようになった。こうすぐ入るようになると、血管が見えるたびにやりたくなるし、さらに自分がはまっていく気がする。まして最近では、量も回数も確実に増えたというのに、このままはまり進めば、どうなってしまうのだろう……。

どんどん泥沼に引きずり込まれ、沈み消されてしまうのか……。

自分は今、崖《がけ》っぷちに立っていて、ちょっとでも油断すればまっさかさまといううところにいるのだ。それだけ危険で危ないということだ。泥沼や崖から落ちるというのに、自分は勝つことができず……。いつかは、沈み消えるか、落ちてすべてがバラバラになる。

今の自分は腐っているから、小さく弱いから、決して勝つことはできない。

弱く腐っているものは、ずっともてあそばれ続けて、消されてしまうのだ。ここまではまってしまった自分が嫌だ。そんな自分でいるのも嫌になる時がある。

「自分は大丈夫」なんて自信たっぷりに手出しなんかしなければよかった。かといって、手出ししなければ、この快感と、こういうものだということを知ることはできなかっただろう……。

こんな奴のことなら、知る必要もないし、出会わないほうが良かったんだよね。先生。

でも、自分は馬鹿だから、変なものに興味を抱いたり、危ない奴との出会いを求めてしまう。

本当に馬鹿だよね。つくづく自分が嫌になる。

先生は、電話で話しただけで、どうしようもない奴だって思っているのに、会ったらもっと嫌になるよ。

相手にするほど嫌になっていく。もうやってられない、勝手にしろって……。先生、本当に我慢できないくらいに嫌になった時は、正直にいつでも言ってね。

嫌われてるのに、しつこく付きまとったり、相談したりしないから。はっきり言われた後は、もう先生の前に姿出さないからさ。電話もかけないし……。先生にだけは嫌われたくないから、「もうやめよう、このままじゃいけない」っては思ってる。

それでも負けちゃう。先生、こんな自分でも、やり直せるのならやり直したいって考えてるんだよ。

まあ、だから手紙出したし、こうやって先生と出会えたんだ。だけど、先生が望むような人間になるのはかなり大変で、すぐにとはいかないよ。それなりに時間がかかると思う。それでも先生、努力して頑張るから「力」になって支えていて。いつか必ず先生を心から喜ばせ、笑顔にしてみせるから。ねっ、先生。

私は、今のジュンを見ていることができません。ジュンは、私と真面目に一生懸命に話しながら、私と真面目に悩み苦しみながら、それでもクスリをやっています。こんなジュンを、私は責めようとも捨てようともまったく思いませんが、このままにしておくことは、私の良心が許しません。私は、昨夜の電話で決心しました。ジュンを救うために、最悪の選択をすることにしました。ジュンを強制的に「底つき」させようと思います。今のジュンには、この私の気持ちはきっと理解できないでしょう。でも、私がジュンの側にい続ければ、きっとわかってくれる、そう自分に言い聞かせて、この選択をしました。

ジュンと私が知り合って、まだ三週間もたっていません。あっという間の三週間、でも私にとってもジュンにとっても、重い重い三週間でした。ジュンは私に救いを求め、私はジュンをクスリから引き離そうと努力しました。わずか三週間ですが、ともに生き、ともに歩みました。その結果は……。

ジュンと私は、互いに、本音で話しているふりをして、お互いただことばで遊んでいただけなのかもしれません。哀しいですが。今、ジュンはどんどん悪い方向に進んでいってしまっています。私の存在が、「イネイブラー」として、ジュンをその方向に進ませているようです。

ジュンをクスリの魔の手から解放するにはどうしたらいいのか。この三週間、私はそのことだけを考えてきました。ジュンから、「私のために何をしてくれたの」と聞かれたら、何も偉そうなことは言えませんが、一日一日君と悩みながらともに歩んできたことは認めてくれると思います。

今日の朝一〇時、ジュンの地域を管轄する、S市の麻薬取締官事務所に電話を入れました。そして、そこのF所長にジュンのことをすべて話しました。ただし、ジュンを一九歳の少年として扱ってくれることを条件としました。F所長は、家庭裁判所に対してできる限りの手配をすることを約束してくれました。何としても私は、ジュンを少年として少年法の中で、ジュンの処遇を決めて欲しいのです。私を信じ頼ってきた君に対して、今私ができる唯一のことです。私は自分自身に言い聞かせました。ジュンは、このままでは精神的にも肉体的にも死んでしまう、それを防ぐためにはこれが最良の選択なのだと。

でも、本当は自信がありません。なぜなら、君を完全に裏切っているのですから。

今はまだ、私が裏切ったことを君に話すことはできません。多分ジュンは、これを知ったら考えられないような自暴自棄の行動にでるでしょうから。しかし、麻薬取締官には言ってあります。君を逮捕するときは、必ず、私が君を「さした」ことをきちんと伝えて欲しいと。

ジュンは、所轄の警察署ではなくてなぜ麻薬取締官事務所なのかきっと不思議に思うでしょう。これには、二つの理由があります。一つは、ジュンにとって私以外の見守る人間が必要だったとき、所轄の警察署の薬物担当課長がまったく動いてくれなかったからです。それどころか、「クスリを持っていて使っている状態で、自首させろ」と、あの状態では考えることのできないような要求を私にしたからです。たしかに警察にとっては検挙することが第一の仕事でしょうが、その手前で、彼らには、しなくてはならないことがあったと私は考えています。

もう一つの理由は、ジュンの周りにいるすべてのクスリに関係する人を検挙したいと考えたからです。麻薬取締官はこの道のプロです。私も仕事柄たくさんの取締官を知っていますが、彼らはよくやります。彼らがきちんと動いてくれれば、確実にジュンの周りのクスリのルートは壊滅できます。今後のためには、これも大切なことなのです。ただし、ジュンが情報源であるように特定されることのないように気をつけてもらいます。

明日には麻薬取締官たちが動き始めます。ジュンの周りには、いつも麻薬取締官の目が光ることになります。私は、ジュンのクスリ関係の仲間についても、すべての情報を麻薬取締官に伝えました。なんとかK市の暴力団総長にまで手が伸ばせればいいのですが。また、ジュンが大切に思っている「援助交際」の彼のことも伝えてあります。君がクスリをやっていることを知りながら、自分の渡すお金がクスリのために使われることを知っていながら、ジュンを遊んできた彼を、私は許すことができません。逮捕は無理でも、自分のやったことを彼には知ってもらおうと考えています。大人として許せないことをしてきたのですから。

麻薬取締官事務所の所長から、逮捕までジュンにいっさい連絡を取らないよう要請されました。私は、君と会うことになっている二三日までに何とか逮捕できるように努力して欲しいという条件をつけ、了承しました。もし、私が二三日に君のもとに行かなかったら、もう行くことはできないのですが、ただでさえ哀しみの底にいる、またこれからもっとつらい哀しみを迎える君に、大きな哀しみを付けたすことになってしまいますから。

先生、裏切ったりしないよね

一二月二〇日(日)

今日は一二月二〇日、日曜日で母がいる。最も嫌いな曜日で最悪な日。

目覚めたのは一〇時、母と三女は出かけたようで、少しクスリやろうか迷ったけど、いつ帰ってくるかわからない危険性があるため、諦めた。

クスリをやらなくても少しはだるいけど、思っていたほどではなく、つらい苦しみも感じていない。

昼頃、母たちが帰ってきて、普通の食事量を食べた。

昼過ぎ頃から、自分が嫌がる母の手荒な掃除と、三女が遊びはしゃぐことで騒がしくなった。

ダラダラとものごとをやっているから、いつまでも騒がしい……。自分がこんなにも我慢しているのに……。

イライラしはじめ、時には三女にあたったりした。けど、三時過ぎ頃からだるくて動けなくなった。

イライラしても、だるさで話す気にもなれず、本を片手にただ黙り込んだ。

そうしてた四時頃、母がまた出かけ、タイミングよく男から携帯が鳴った。

「今横浜にいるんだけど、夜遅く戻ったときに少し会えないか」っていう内容だった。

自分は、男が何のために何時頃来るのかさっぱりわからないまま、ＯＫしてた。

そういえば、横浜からクスリを引いてくるようなことを言ってた気がしたけど、あの男のことはよくわからない。

夕食もとりあえず普通量食べ、テレビを見ながら黙り込んでいたら、胃にものすごい激痛を感じ始めた。

ここ最近、クスリのためにほとんど食事していなかったのに、急に普通量食べたからだろう。

もともと自分は胃が悪く、中学時代には毎日激痛のため、腹をかかえるほどだった。本当、その頃の痛みを思い出すくらいの痛みを久しぶりに感じた。横になっても何をしてもとにかく痛い。

母が布団に入った九時頃、後でおフロに入りながら注射しようと思い準備した。物音をたてないようにおそるおそる溶かし、吸い上げ、キャップをして隠した。

一二時頃、おフロに入りながらやった。全身あったまりながらやると、太股の血管が何本もよく出た。お気に入りの左足太股ですませた。何も感じないけど、とりあえず効けばよい。

男が夜遅く来るというから、やるつもりなかったけど、眠気覚ましのためにやってしまった……。

今は、二一日になった一時半。本当に連絡は来るのだろうか……。ただ待ちぼうけ……。

暇だし、からだも冷えてきたし、母が起きてこないかビクビクしている。この何ともいえない母への恐怖感が耐えられないから、とりあえずは布団に入ろうと思う。

先生は二三日に来ると言ったが、本当に来るのだろうか……。すっぽかすような気もしている。もう、ここ何日も先生からの連絡もない。明後日のことだというのに……。この前の電話で、「クスリやってる」って言ったから、先生怒ってるのかなぁ……。嫌になったとか……。

先生からの連絡が何もないと怖い。警察に通報するんじゃないかとか……、いっぱい。

人は安心して信用しろとかいうが、結局、人は裏切るものだとも聞いたことがあるからよけいにね。

まして今まで、心から信用できる人ってのが一人もいないから……。先生が初めての人なんだよ。

まだ、人は裏切るという思いが消えていないから、ちょっと不安だ。

でも、先生は違うよね。裏切ったりしないよね。信用していいんだよね。

だって、大好きな先生だから……。


麻薬取締官事務所の所長との約束通り、ジュンに連絡をしていません。ジュンは、きっと悩んで苦しんでいると思います。私も苦しい。昨夜は何度か電話に手を伸ばしました。私はとても卑怯《ひきょう》なことをしています。苦しいです。

麻薬取締官事務所から、ジュンのことを確認したとの連絡が入りました。もうすでにジュンの周りには、麻薬取締官が張り付いています。私は所長に、一日も早くジュンを逮捕してくれるよう頼みました。このような地獄の状態に、一日でも長くジュンを置いておきたくありません。私からの電話がなければ、ジュンはきっと悩むでしょう。私が見捨てたのではないか、裏切ったのではないかと、どんどん疑心暗鬼に陥ってしまうでしょう。このような地獄は、一日でも短いほうがいいのです。

私は間違えた選択をしてしまったのかもしれません。少なくても、焦りすぎて早すぎる選択をしてしまったかもしれません。一度でも君と会って、直接話し合ってから、このような行動にでるべきだったのかもしれません。でも、君の命を考えたならば。後悔しつつ、「これでよかったんだ」と自分に言い聞かせて時を過ごしています。しかし、私は、もう第一歩を君より早く踏み出してしまいました。

ジュン、わかって欲しい。私は君を見捨ててはいません。これからも君の側には私がいます。君の側にい続けることで、この償いをします。一生をかけて償います。そして、家庭裁判所の調査官や関係者にきちんと掛け合って、何としても少年法の範囲で君を処遇してもらいます。君のお母さんとも連絡をし、君が帰って来るまでに家庭環境も整えることができるよう頑張ります。

私はこんなふうに自分に言い聞かせています。つらい、つらい時間が過ぎていきます。

病院に入るのはイヤ

一二月二一日(月)

二一日(月)夜中三時頃、布団に入りながら、男の連絡を待っていたら熟睡してしまったようだ……。

目覚めたのは朝九時。クスリやったばかりで熟睡できたことに驚き、男からの連絡もなく気になっていた。

クスリも残り少ないため、節約としてやらずに一日過ごそうかと布団の中で考えていた。

一一時頃、男から連絡があり、「横浜からの帰り道、高速で事故り、まだ横浜にいる」とのこと。

とりあえずは、けがもなく連絡がとれたことで、胸の中がスッキリした。

その後、一二時過ぎ、先生から久しぶりに電話がきた。うれしかったけど、ちょっと変な緊張感……。

ここ何日か連絡なかったし、自分もクスリやり続けているせいか、何か気まずかった……。けど、先生は、ちゃんと二三日のこと覚えていたし、これからのことをいろいろと考えていてくれたようだ。

でも先生は、二三日に会ってすぐにでも病院とかに入って欲しいという。入れようと考えている。今すぐ入ったら、クリスマスも正月も病院の中だ……。親にもすぐ言うことになる。それが一番嫌だ。

横浜に行っても、二三日先生と会っても、会って話すだけだと自分は思ってたから、この考えごとの大きさに迷い、どうしていいのかさっぱりわからない。先生と会ううれしさが、少し減っちゃった。

三女だって冬休みに入るし、夜も見ててあげなきゃならないし、自分が一番いなくてはならない時期なのだ。

そんなとき、病院には入れないし、いろいろ、とくにお金の面では問題だ。この家は早く出たいけれど、少しでもお金のかかることは何もできない。あまりしたくない。

せっかく先生がいろいろ勧めてくれてるのに、自分は嫌とか駄目って断ってばかりだね。そのくせに自分は毎日クスリやってるなんてさ……。先生もあきれているでしょう……。

本当いうと、先生からの連絡はもう来ないんじゃないかって思ってた。そのほうがいいんだと。

それでも、先生はこんな面倒な自分相手に連絡してくれた。そのやさしさがつらいなぁ……。

今の手持ち分がなくなれば、きっとクスリはやらなくなると思う。まして今まででも、自分でお金を出して買ったことは一度もない。持ってきてもらったり、誰かのおすそ分けだったり、偶然やってもらったりばかりで……。

前に、人に頼んで手に入れてた時も、結果的には、刺青師《いれずみ》がなくしたと思わせて、陰で抜いてた。

自分の手で、引き渡し交換したことはない。なぜかって、それが怖いし、嫌だったから。

だからこれから先も、どんなに欲しくても、自分では買わないだろう。ただ毎日、クスリのことばかり考えながら、苦しい日々を過ごすと思う。ついこの前も、そういう日々を過ごしていたし……。だけど……。クスリをやれなくなったとしても、クスリへの欲求を心やからだから消すことはできないんだ。

しばらくやらないとしても、また出会ってしまえば、すぐに付き合いだしてしまう。

とりあえず二三日のことを考えるが、どうしていいかわからず、さっぱり答えが浮かんでこない。ただいえるのは、今すぐ病院にとか入ることはできないとだけ……。いつならいいのかもわからない。

このまま、ずるずると引き延ばしていくこともできないし、自分は病院とかに入るのも嫌だ。何かとても怖いんだ。一度でも足を踏み入れたら、二度とそこから出られないような気がして……。

とにかく、どこかに押し込まれるのは嫌だ。怖い、怖すぎるよ、とても……。

先生は、自分から助けを求めたくせに、怖いなんて言われたら、ふざけんなって感じでしょ。

病院とか、怖いこと考えていたら、ものすごく怖くなった。そんな一時半頃、またクスリを使うことになって、嫌なことや怖いことから逃げてしまった。やっても忘れられないけどね。

おフロ場で両足をあったためながら、また左足太股内側へやり済ませた。そんな太股内側も、一本の血管をたどるように赤い注射痕が数ヶ所と青黒いあざが線状になっている。それと、膝下の外側に一ヶ所青黒いあざと、膝外側にも一ヶ所青黒くあざになっている。今は、太股内側ばかりだから、日々やることになってあざはつながっていく。青黒くなって、黄色っぽくなり、いつかは消える。

今日は、節約心をふりきり、いつもよりさらに多い量をやった。これだけやってどうなるのかと……。

押し込んだ瞬間は、何も感じなかったが、今回も漏れずにうまく入ってる。少しの間またお湯であたため、足を高くしたり、からだを動かした。少し過ぎて、全身の毛が逆立つような感じになった。

鳥肌が立ち、背中から後頭部にぞくぞくという感触が走り抜けたようだった。胸もスゥーとし久しぶりにこの感触を感じた。この全身で感じる何ともいえない感触を……。今までは量が少なかったからか、漏れてうまく入らなかったからなのか……。

今までの中で、一番やったことを心から感じた。漏れなかったし、感触もあったから……。

でも、顔やからだ、行動面にこれといった変化や動きはない。いつもと同じ。またクスリが少し減った……。どんどんクスリへのさびしさがつのる。

クスリをやり済ました後は、もうやらないと少し思う。けど時間がたつと、あともう少し、もう一回だけならと思うようになる。やれば、またやってしまったと、それなりに後悔もする。

いろいろとかっこいいこと、きれいごとを言ったりしても、結果やらずにはいられない。繰り返し繰り返しやる。

本当、先生には悪いことしてると思う。先生にとっては嫌な奴との悪い出会いだと思う。

今までの生徒以上に変に手がかかり、面倒な奴かもしれない。そんな面倒な自分から見て、先生がかわいそうだ。何度考えても、先生に悪いし、気が引ける。

先生の考えに対して、いろいろ文句いうぐらいなら、やっぱり手紙出さないほうがよかったんだ。

このまま関係が続いても、いつかは先生に、自分で何とかしろって言われる時が来ると思う。

前にも書いたけど、いつでも嫌になったときは、すぐに言ってもらいたい。

今日までの何日間か、先生からの連絡がなく不安、心細さ、さびしさを感じてた。関係やめれば、先生にとってはいいと思いながらも、本当に先生に見捨てられたかと思うと、すごくさびしかった。連絡が来ない、先生の声が聞けない日々は、とてもさびしかった。さびしすぎて、誰一人いないところに、自分一人だけ残されたような気分だった。誰もいない、何も聞こえない、真っ白な世界にポツンと自分が立っている……。

今日、先生から電話がきて、さびしい独りぼっちの世界から抜け出すことができた。

先生はまた一つ自分を救い出してくれたんだ。先生ありがとう……、本当にありがとう。

今日、私はついに我慢ができなくなりました。私はジュンを裏切っています。ジュンにとっては、逮捕されて強制的にクスリを使えなくなることが、最良の道だと言い聞かせてきましたが、もう耐えられません。ジュンは私のことを信じているのに、ジュンのことを裏切り、麻薬取締官にジュンを渡してしまいました。こう考えると、いても立ってもいられなくなりました。そして、ジュンへの私からの最後の挑戦をすることにしました。

それは、ジュンを説得して、横浜に連れて来てしまおうということです。そして、ダルクか病院に一時的に預けてしまうことを考えました。こうすれば、麻薬取締官もジュンに手出しはできません。

ジュン、今日の私の必死さ伝わりましたか。私は何としても、ジュンを私のもとに引き戻したかったのです。私が作ってしまった状況ですが、もう今のジュンには、これ以外の道は逮捕されることしかないのです。このことはジュンには言えませんでしたが。きたないやり方かな。

本当は、私が麻薬取締官にジュンのことを話してしまったことや、もうすでに麻薬取締官の捜査が、ジュンの周辺に及んでいることを伝えたかったのです。しかし、そうすることはできませんでした。もし、話していたら、ジュンは私のもとから逃げ出してしまうでしょうし、もしかしたら最悪の選択をしてしまうかもしれません。

今日、君への最後の説得に、こうして失敗してしまった以上、これから君の逮捕まで連絡することはやめます。どんどんジュンにうそをつきつづけることになりますから。これは、あまりにも君に対してひどい仕打ちですから。

君と会うことを約束した二三日が、明後日に迫っています。今日も、麻薬取締官事務所に電話をしました。何とか二三日までに君を逮捕して欲しいと頑張りました。しかし、彼らは動いてくれません。その理由は二つあるようです。一つは、年末年始の休みが迫っており、君を今逮捕したとしても、拘留が認められる期間内には、検察も含めてきちんとした取り調べができないということのようです。もう一つは、彼らははっきりとは言いませんが、多分今回の君がらみのクスリに関係する人間の数が多いため、時間をかけできる限り多くの人をいっせいに逮捕したいからでしょう。仕方がないことですが、私の希望した通りにはなっていません。まずは私にとって、君の身柄を保護してもらうことが大切なのですが。

ただ一つ安心なことは、君にすでに麻薬取締官が張り付いており、彼らから君がちゃんと生きていることの連絡が来ることです。それだけは安心です。

刑務所の叔父と面会することになったが……

一二月二二日(火)

母の弟、自分からすれば叔父さんが今、F刑務所で毎日を送っている。

いつ入ったのか正式には知らない。ただ捕まったことは聞かされたような気がする。叔父さんは二度目の刑務所生活。前回はY県の刑務所に入ってたんだっけなぁ……。二度ともお金を払わないでホテルとか泊まり歩いてたからだと思う。叔父さんとは二年くらい会っていない。二三日に祖母と面会に行く予定になっているが、二年ぶりの顔合わせということは楽しみだが、クスリがからだに入っているため、ちょっと不安で怖いな。

まして、先生に相談したら、「向こうはプロだから捕まる危険性がないとはいえない」と言われたし……。

前に刺青師が事件を起こしたとき、警察署や拘置所に毎日のように、クスリをやったからだで平気な顔をして面会や差し入れなどに行っていたことがあった。なのに今回は、刑務所だからか、変に不安と怖さを感じているのだ。

でも、昨日届いた叔父からの手紙に、「二四日を楽しみに待ってます」と書かれていたから行こうと思う。叔父とは一年くらい手紙のやりとりをしている。ほとんど毎月のように……。

叔父は月初めに祖母へ手紙を出し、月末に自分へと出しているようだ。自分は、手紙はもちろん、時々本も何冊か送って差し入れている。叔父から要望がくることもある。

何の楽しみもない生活に、少しでも暇つぶしになってくれればと思っている。だけど、母はそんな叔父に対して、ほとんど絶縁状態って感じだ。一度だけ母に来た手紙も、読んだ後投げ捨てたたし、返事を出す気もまったくない様子だ。「馬鹿だ、恥だ」とも言う。

姉としてもう少しやさしく接してあげてもいいと思う。関わりたくないと思わないで。母はいつも周りの目や自分のことばかり気にしている。弟が刑務所にいるなんて誰にも話すわけもない。母は、こうして道を外れた者は何の関係もない、関わらないと突き放すようだ。

自分がクスリのために、病院なりどこかなり入ったとなれば、同じ扱いを受けることだろう。クスリをやってると知っただけでも、冷たい目で見られ、親子関係の間に距離をおかれると思う。

まして、そんな自分にお金がかかるとなると、よけいにふざけんなって思われるだろうな。覚せい剤やってたなんて信じられない。もう子どもでもなんでもない……と。縁を切られることに対して、嫌だとかさびしいなんて思わない。逆に、何も言われず、相手にされないほうが楽だ。

看護婦だからか、とくにクスリ関係にはこだわると思う。覚せい剤なんて何でやり始めたかと。

母はいつも何かあると、子どものことや子どもがしたことよりも、なぜしたか、誰がやらせたか、誰のせいでという具合に、関わった人をしつこく責める。悪いことをした子どもよりも、子どもに勧めやらせた人のことを説教みたいにいろいろいうから嫌だ。

刺青のことを知った時も、自分には何も言わず、刺青師に対して何で入れたんだと言おうとしていたほどだ。

今回、クスリのことを知ったら、また刺青師にでも説教じみたことを言うのだろうか。まず、他人に説教する癖が、我慢できないほど嫌だ。やってるのは自分なのだから、誰よりもやった本人を怒るのが普通だと思う。一番悪いのだから。

それを周りの人に、あんたが悪いなんて言ったら、言われた人もいい迷惑だろう。少なくとも自分が付き合っていた人に対して、うるさく口出ししないでもらいたい。


ジュン、君は動こうとしません。ただただ、家でボーっと救いの手を待っています。

これも、長年のガスや覚せい剤の乱用で、脳の一部が壊されてしまったせいでしょう。私は今までたくさんのドラッグを乱用した若者たちと関わってきましたが、ほとんど全員と言っていいほど、ドラッグによって無気力にされていました。ドラッグは、一番最初に、その乱用者から、生きる意欲や明日への希望を奪ってしまうようです。

こうしている間も、ジュンはドラッグの奴隷となっているでしょう。そして、死への道をまっしぐらに進んでいるでしょう。もう私には君の逮捕を待つことしかできません。君の逮捕は、年明けになることが決まったようです。今日、麻薬取締官事務所から連絡が入りました。そうすれば、君は確実にクスリを使うことができなくなります。これを、ジュンがクスリをやめるための第一歩とします。

ドラッグは、どのようなものでも恐ろしいものです。一度、ジュンのようにはまってしまったら、頭や心では必死にやめようとしても、勝手にからだがドラッグのほうへと動いてしまいます。これは依存症という病気なんです。しかも、病気とはいっても、医師の力だけでは治すことのできない病気なのです。

この病気の治療は、私の経験から言って、ただひたすら苦しむことしかありません。クスリをやめ続けることの苦しみ、クスリを欲しがる哀れな自分と向き合うことの苦しみ、これを一つひとつ逃げることなく受け止めていくしかないのです。ですから、ほとんどの場合、自分一人の力では無理です。だからこそ、君にも話したダルクでは、多くのドラッグを乱用した仲間たちが集まり、互いを認め合い、励ましながら生きているのです。

そして、ドラッグの魔の手に捕まってしまった人には、完全な回復はありません。ドラッグのことなどまったく考えず、毎日を家族や仲間の笑顔に囲まれ、幸せに生きることなど許されません。いつも心のどこかにドラッグの甘いささやきを感じながら、必死にそれと戦っていく人生しかありません。哀しいのですが。

ジュン、逮捕されたその瞬間から、今度こそ君の新しい人生を始めてください。いや、もしかすると、私への手紙をポストに入れたその時から、もう始まっているのかもしれません。苦しんで、苦しんで、苦しみ抜いてください。苦しみの数が多いほど、ドラッグに対する戦いへの力となります。

私自身も、今、苦しみ抜いています。私のとった行動が正しかったとは思っていません。ただ、これしか、私には選ぶ道がなかったのです。私も、苦しみ、苦しみ、苦しみ抜きます。君を売ったという事実を君に隠そうとも忘れようとも思いません。

V

ごめんね、ジュン

約束の日、先生から何の連絡もない

一二月二三日(水)

二二日(火)、男からの連絡が夕方に入った。夜七時半に会う約束をした。「今は急いでいるけど、後でゆっくり来るから」と言って、五万円分のパケと新ポンプを一本渡し帰っていった。

今回のブツは横浜のものじゃないらしく、横浜のものが入ったら、また持ってきてあげるとも言っていた。

何でこうブツと道具をくれるのかわからない。でも、あげると言われればもらってしまう。

もうなくなる寸前という時に、またブツが増えた。だんだん自分が何をしているのか、どうしたらいいのかわからなくなってきた。ブツが手元にある限り、自分は、絶対に我慢できずにやり続けてしまうだろう……。

悪のレールに乗っている今、そのレールから外れることは、簡単なことではない。だからこの夜、二三日となった午前一時半にも、また一回やってしまった。そして、三時過ぎに眠りに入った。

二三日朝一〇時頃目が覚めた。先生との約束の日なのに何の連絡もない……。眠りの世界の中で、先生との夢を見た。夢の中での今日、先生はここへと車を走らせていた。私と何度も携帯で連絡を取りながら、「あと一時間くらいかな。もう着くよ」などと話していた。先生の「着いたよ」ということばにおどろき、慌てて起き、枕元に置いておいた携帯に目をやった。

夢と現実が入り混じって、本当に来たのかと思った。寝てる場合ではないというように……。

昼頃まで連絡を待ったがない……。きっと今日は何もないのだろう。ホッとしたけど、頭の中が起きて、よく考えてみれば、何の連絡もないのもおかしい。どうなるのかと思った。

今まで、先生に会える二三日を楽しみに待っていたし、やっぱり少しでもいいから会いたい。

連絡をくれない先生に、少し腹をたてたけど、自分から連絡しないのも悪いんだとも思った。そう逆に考えれば、先生が自分からの連絡を待っているのかもしれない……。お互いに同じ思いをしながら……。

何だつまらない、ガッカリだと思い、母たちもいないことだし、また目覚めとして一回やってしまった。

左太股がかなり青黒く目立ってきたから、今回は右太股内側にすませた。すぐ青黒くなった。

自分の血管は、体質的に、針を刺すと漏れなくても血管が腫《は》れふくらんでしまうらしい。

だから、あの中絶手術の時も、たかが麻酔注射一本に時間をとられ、その何ヶ所も刺したところすべてが青黒くなり、腫れてふくらんでしまったのだ。とくに、手首の内側だったから、ものすごい痛みだった。

今二三日の午後二時、やることもなくこうして今の自分を書き記している。

明日二四日は、F刑務所に面会に行く。しかも、祖母の都合で朝早くに出るという。行くことに対しての不安と怖さは、まだ消えていない。多分、抱いたまま行くのだろう……。

せめて、今日先生と会えれば、少しは落ち着くかなぁって思っていたんだけどな……。

来ると言った先生本人から、何の連絡もない。約束の今日になっても一度もない……。なぜ……。自分が病院は嫌だって断るのがわかってたから……。先生に急用ができたから……。それともこいつは何言っても無駄だって思ったから……。本気で約束忘れてた……。

何、何で……。さっぱりわからないよ、先生。それに、先生は自分のことまだ何にも知らないいんだから……。

風邪ひいたみたい。喉《のど》が痛いし、声がかすれて自分の声じゃない……。からだも最悪だ。

世間はクリスマスだとうかれているのに、自分の心は葬式にでも行く感じだ。

とうとう約束の二三日が訪れ、過ぎていきました。長く、暗く、重い一日でした。ジュンが、一日中ずっと電話を手にして、私からの連絡を待っていることはわかっていました。少しでも気を紛らわそうと、二三日になってすぐの深夜から、横浜の繁華街を「夜回り」しました。電気の消されたクリスマスのイルミネーションの中を、さびしく朝まで歩き回っていました。何か立ち止まると君のことが思い出されて、ひたすら歩き回りました。

私はなぜ君のところに行かないのか。車に飛び乗りさえすれば、わずか四〜五時間で君のいる町に着くのに。ずっと自分に問い続けました。

私は、今ジュンと会うことを恐れています。今、君と会えば、麻薬取締官事務所に通報したことを君に告げるでしょう。そして、君を彼らから逃がそうとするでしょう。しかし、これは、君のためになることなのでしょうか。人は、自分の犯した過ちは償わなくてはならないのではないでしょうか。たしかに、社会には、この償いをしないでのうのうと生きている人たちがたくさんいます。しかし、君の手紙や電話からわかりますが、君のような誠実な心の持ち主には、こんなことはできないはずです。「きれいになって戻っておいで」なんて陳腐な映画のせりふは言いたくありませんが、自分を見つめ直してきてください。

昼は昼で、家でじっとしていることができず、誰もいない学校へ行きました。そして、誰もいない教室に一人座り込み、ずっと考えていました。君のように、ドラッグの魔の手に捕まってしまった人たちを救うもっと良い方法はないのか、考えていました。私は、日本やアメリカで試みられている医療や教育、更生保護の分野のほとんどあらゆる方法については勉強してきました。しかし、私の知る限り、まずは乱用者本人が自分の足でドラッグから離れようとすることが、すべての治療や更生プログラムのスタートなのです。この意味で、君は、残念ながらまだスタート地点にはたどり着いていないのです。

私が君を司法の手に委ねてしまうことを、君は恨むでしょう。でも、いつかわかってくれることを信じて、今は君の逮捕を待ちます。「これしかなかった」、「これしかなかったんだ」と一日中自分に言い聞かせていました。本当にそうなのか、実は今の私にはわかりません。

こんな中途半端な終わり方はイヤ

一二月二五日(金)

二四日、予定通りにF刑務所へ面会に行くことにした。

昨夜二三日夜一一時頃、母が父のところに出かけていった時に、すばやく一回やりすませた。ただ寝るだけなのに、やりたくなってやらずにはいられなかったから……。そして、午前二時頃、眠りの世界へと入った。

眠りにつくまで、先生とのことが頭から離れなかった……。連絡が来るかもしれないと……。

そして、三時間後の朝五時に起きて、入浴を装いながらも、また一回やりすませた。

ここのところ毎日やっているため、足もかなり目立つのと入れづらくなった。もうやっても平気で眠れるし、何の変化もない。でも、やって三~四時間たつと、またやらずにはいられない。

七時頃家を出、一〇時過ぎに刑務所で叔父と面会した。刑務所は想像していたのとは違い、着いたら不安や怖さを感じなくなった。そして、平気な顔で面会していた。

家に戻ってきたのは夕方の四時過ぎ、今日は何一つやっていない掃除をすべてやり終えた後に、また一回クスリをやった。少し量が多かったみたいで、寒気を感じた。

けど、今日のブツ自体、いいほうではないと聞いていたが、本当によくないブツだ。なぜなら、妙に鳥肌がたつし、寒気、からだの冷え、とくに喉が腫れ、声がかれ、口の中が変になるのだ。ここまで混ぜ物の多いブツは初めてだ。この妙な不快感といい……。

さっき二五日になった午前一時頃、また男が来て一回分をパケ詰めしたものを渡した。男は、横浜、埼玉、東京なり、ブツが入ったらすぐ今までの分は返すからと言っていた。しかし、いつになるやら……。

今は一時半、今日はいろいろからだが疲れていると思うから、おとなしく眠ろう。それにこの妙なからだの冷えは嫌だ。早く洗い流しあったまりたい。


今日は先生から連絡来るかなって少し期待していた。けど、来なかった……。明日は来るかなって少しまた期待している。先生からの連絡が欲しいから……。でも、期待して待っていたのに来なかった。これが、大きなショックとして襲いかかってくる。このままショックを受ける日が続いたら、いつか精神面が壊されてしまう……。

今日も自分からかけてみようか少し迷った。けど、怖くてかけられなかった。先生はきっともうかけてこないつもりだ。自分に対して嫌気がさし、面倒みてくれないんだ……って。

自分から電話をかけてでも、先生の声が今すぐにでも聞きたいのに、かけられない。

今の自分には、先生に電話する勇気がない。

先生がどう思っているのか、何を考えているのかわからないから……、怖い。

このまま先生からの連絡がないかもしれない……。明日も来週も来月も……。

連絡のない日々が続き、いつかは自然消滅となり、自分の存在すらも忘れ去られてしまう。

こんな中途半端な終わり方は、一番したくないな……。

初めて心の奥から信用できた人だから……。

今は連絡してもうそを重ねるだけです

一九九八年一二月二八日(月)

今日は一二月二八日、今日の午前中に麻薬取締官事務所に、年内最後の電話を入れました。君の逮捕は年明けの二週目になりそうです。君が元気でいることは、彼らから聞きました。

ずっと私から連絡もなく、君は相当悩んでいると思います。そして、残念ながら覚せい剤を使い続けているでしょう。君に連絡をしたい気持ちとずっと戦っています。連絡をしても、うそを積み重ねるだけです。今の私には、君に対してできることは何もありません。君が逮捕されることを待って、そこから動き始めようと考えています。

私がきちんと家庭裁判所などに対処できなかった場合、来年のお正月は、自宅で迎えることができません。せめて今年のお正月は、君の大好きなワンちゃんや妹さんたちと楽しく過ごしてくれればいいのですが。

一九九九年一月一一日（月）

麻薬取締官により自宅にて、覚せい剤所持の現行犯として逮捕される。

VI

再び、ともに

春、遠からじ

一九九九年一月一二日(火)

昨日、君が無事に自宅で逮捕されたことを、今日麻薬取締官から連絡を受けました。私は彼らに、君を逮捕する際には、私が君を彼らの手に委ねたという事実を必ず伝えて欲しいと頼んであったのですが、彼らは、逮捕の時ではなく取り調べの時に君に伝えるつもりだったようです。ところが、君が詳細につけていた日記を読んで、あまりにも私のことを信じている君のことを知り、伝えることができなくなったと言ってきました。所長が言っていました。「先生、言えないよ。日記には先生への想いがあふれてる。かわいそうでとても言えないよ。言うのは酷だよ。知らせないほうがいい」。

このことばで、私の心は凍りました。でも、後悔はしていません。自分に、「これでいいんだ。これしかなかったんだ」と言い聞かせています。私が麻薬取締官に君を渡したことは、君が司法の手から戻ってきた時に、必ず私自身が伝えます。

逮捕の際、君が落ち着いてきちんと彼らに対応し、覚悟を決めていたようで、覚せい剤を自分から彼らに渡したことも聞きました。これからはつらい日々が始まります。しかし、冬が来たなら、その後には必ず春が来ます。『春不遠《はるとおからじ》』、私の最も好きな、最も大切なことばです。私は、君の冬が少しでも短くなるように動きます。

また、お母さんからの取り調べについても聞きました。お母さんも、冷静に君が覚せい剤取締法違反で逮捕されたという事実を受け止めてくれたようです。君のお母さんは一二月の初め頃から、君が覚せい剤を使っていることに気づいていたそうです。

何とか、君が家庭裁判所で少年として処遇を受けることができるように頑張ってみます。三週間程度の鑑別所措置だけで出てくることは、今回の場合できないでしょうが、できる限り短い期間の措置になるように働きかけてみます。

M拘置支所よりの手紙――捕まってよかった

一九九九年一月二〇日(水)

水谷先生、久しぶりにお手紙書こうと思う。

先生、結果的には、望まれてた通りに自分は逮捕されました。先生は、最初からそれが君にとっては一番いいことになるって言ってましたよね。

正直に言って、初めてそう言われた時、ただ先生が楽だからだって受け止めてた。捕まることを一番避けたい自分に対して、先生は何度もそう口にしたし……。

でも、それと同時に先生は、捕まることで本当にやめられるって言っていた。

その理由は自分も納得してた。

けど、実際に捕まった今、先生のことばの意味に心から納得できた。捕まったことに対しても、ある意味で感謝し、本当に良かったと思う。

捕まることが、あの時の自分にとっては一番の幸せだったと……。先生もこのようなこと、あの本の中で書いていたよね。だから、家宅捜索に来られたときも、冷静にすべて話せたんだと思う。いつかはこういう時が来るって、自分なりに予感していたし……。だけど、捕まった時にいくぶんか後悔したことがある。

まず一つ目、捕まる前の一二月二三日に約束していた通り先生と会いたかった。二三日でなくても、捕まる前に一度は先生に会って、実際に話がしたかった。

二つ目は、先生が望んでいた通りに、もっと早くにお母さんに自分のすべてを打ち明けておけば良かったと……。これは、涙が流れるほど後悔した。

本当に独りぼっちになって、いろいろ考え反省し、親、家族の大切さに気づくことができたから。やっぱり先生が言ってた通り、力になって支えたり、味方についてくれるのは親なんだね。子どもにとって親は一番の宝物だね。親の笑顔は、どんなときもやさしい。親がしてくれること、親がいるとは、どれだけありがたいことかにも気づくことができた。今まで親に対して、これといった想いや気持ちを抱いていなかった自分が、この生活になったら、親のことが頭から離れず、会いたくて会いたくてたまらない……。これからは、親、家族みんなと……、家族と一緒に過ごせる時間を、何よりも一番大切にしていこうと思う。

先生と出会うことができて、捕まって、自分の真っ黒に汚れてしまった心もきれいに洗い流すことができた。洗い流したことで親への隠しごともなくなり、本当の自分を知ってもらってスッキリした。これはやっぱり先生のおかげですね。

お母さんも、自分が思っていたよりもすんなりと話を聞き、受け止めてくれた。初めて拘置所へ面会に来てくれた時も、お母さんは泣きながらも、自分に「娘なんだから……、子どもなんだから……」って言ってくれた。こんな重い罪を犯した自分は、見捨てられると思っていたのに、お母さんは、「娘なんだから」と言い、やさしい微笑みも見せてくれた。そんな母の姿と、母へのごめんなさいという気持ちが心にいっぱいで、自分も涙があふれた。先生にもいつか心から、「ごめんなさい」と「ありがとう」を直接言いたいな。

先生には、お母さんとは違う意味で会いたくてたまりません。先生、本当はね、一二月末頃から先生と連絡がとれなくなった頃、自分は先生に見捨てられたって思ってた。クスリをやり続けている自分に嫌気がさして、勝手にしろと先生は怒ってると思ってた。でも、それは違ってた。

自分が捕まってすぐの頃、先生は家に「連絡がないから心配しています」と電話くれたんだよね。本当にうれしい。先生と出会えて良かった。これからも先生との関係を続けていき、もちろん先生自身のことも大切にしたいと思ってるよ。

捕まったことで、自分の犯した罪の重さを心から感じた。それと同時に、この償いが終わった後、もう二度と同じ罪を犯さないと思った。本当に自分は、クスリをやめることができる。誘いを断る自信もある。

もう、親の心に傷を付けたくないし、親を泣かせたくないから……。先生にも、心配、迷惑をかけたくないから……、絶対に。それに、自分はクスリへの欲求もないし、からだへの害もとくにないようだから……。本当に今回のことですべてやり直せそうな気がする……。

先生、いい子になった後もちゃんと連絡してね。いつも先生からの連絡を楽しみにして待ってるんだから……。自分もするよ。

それと、先生にお願いがあるの。大丈夫だよ、「クスリ持ってきて」なんて死んでも言わないから。お願いってのは、先生が書いたあの本のこと。本の中でも一番大事な本なのに、押収されてしまったの……。あの本は、どうしても手元に置いておきたいから、先生が持っているのならもらいたいの。先生のサインつきだよ、その時は……。

それに、先生のこともっと知りたい。趣味とかではなく、先生が教師やってる夜間高校のこととかについて。どんな高校なのか、一度見てみたいって思ってる。よく考えれば、先生に教えてもらってる生徒さんがすごくうらやましいなぁ……。こんなにやさしい先生なんだから。

自分がもし、先生の学校へ生徒として通っていたら、ちゃんと高校を卒業できてたように思う。たとえ友達がいなくても、留年しても、卒業まで頑張っただろうなって……。先生と同じ学校へ通いたかった、生徒になりたかった。うらやましい……、うらやましすぎる。先生の生徒として、授業を受けてる生徒さんたちが……。でも私も、そんな先生から、直接電話連絡されている生徒の一人になるのかなぁ。問題児で、個人授業受けてるの。ある意味では、学校の生徒の一人よりは、自分のほうが幸せな気がする。

いつの日か、その学校を案内してね。高校生活をやり直す気はないけれど、見たらやり直す気になるかもしれない。でも、自分は馬鹿だから、学校とかの勉強って苦手だな。

それと、先生、自分は小説とか本が大好きだから、本屋さんで働きたいって考えているんだ。いつも本のにおいに包まれて、新しい本を並べたり整理したりするの。久しぶりにまじめに働いて、給料をもらったら、まず家族と食事がしたい。それに、何かを買ってあげたい。ちゃんと今後どうするか、今考えている。いつまでも遊んでいられない。もうすぐ二〇歳だし、長女だし、しっかりしなきゃ。

『さらば、哀しみのドラッグ』だね、先生。先生、今度本を出すときは、自分のことも少し書いてね。捕まってクスリをやめ、いい子になりましたってね。

君のお母さんと何度も話していますが……

一九九九年二月四日(木)

今日、君の処遇が家庭裁判所で決まったことを知りました。何とか少年法の範囲の処遇で、短期の女子少年院送致になりました。とりあえず一安心しています。

君の様子は、面会に行っているお母さんや、様々なところから聞いています。最初は泣いてばかりいたそうですが、今は落ち着いて自分を見つめ直しているようですね。短期といっても、約半年間は女子少年院に入ることになります。そこで多くの人との良い出会いがあるといいのですが。

もうすぐ二〇歳の誕生日ですね。そのころは少年院だと思います。つらい誕生日になってしまいますが、今年は我慢、来年の成人式は明るく素晴らしいものにしましょう。

正直に言って、今私はじりじりしています。少なくても、これからの半年間、私が君に直接できることは何もありません。お母さんと家庭裁判所の調査官には、私の手紙が何とか君の元に届くことのできるように手続きをすすめて欲しいと頼みました。いずれにしても、時間がかかりそうです。何しろ、君と私の関係は、第三者から見ればわけのわからないものですから。まずはお母さんに、次に面会に行ったとき、私が君からの手紙を待っていることを伝えてくれるように頼みました。君が私に手紙を出すことについては、内容はチェックされるでしょうが、比較的簡単に許可がおりると思います。

君が逮捕されたことで、大きく動き出していることがあります。それは、君のお父さんとお母さんの関係です。今、二人で再度同居し、君たちと一緒に生活していくことを真剣に考えています。一緒に生活したからといって、今までの問題がすべて一挙に解決することにはなりませんが、少なくても大きな前進です。

今は、君のお母さんが、君と私の唯一のパイプです。私に伝えたいことがあれば、お母さんに伝えてください。私もお母さんに頼みます。君のお母さんとは、何度も電話で話しているのですが、君のさびしさや哀しみをきちんと理解してくれません。君のドラッグ乱用の影にお母さん自身の生き方が関わっていることを何度も話すのですが、あまりわかってくれません。いつも、「なぜあの子が」と悲嘆にくれるだけです。君が戻ってくるまでに、もう少し考えてもらいたいと思っています。しかし、大人は難しいものです。素直さが失われているせいでしょうか。

一九九九年三月三日(水)

一歩前進だと思いたい

今日は雛《ひな》祭りです。今日私は、川崎市にある中学校で生徒たちを相手に薬物予防のための講演会をやってきました。ちょうどその中学校の玄関には、七段飾りの立派なお雛様が飾ってありました。ジュンはどうしているんだろう。君は今、少年院にいますが、女子少年院でも雛祭りをやっているんでしょうか。そんなことを考えながら、無事に今日の講演を終わらせてきました。

今日、君のお母さんから、君から私への手紙を預かってきましたという連絡が入りました。今年最初の君からの手紙です。どんな手紙なのか、今から楽しみにしていますが、何か怖いような気もします。

今年に入ってからも、私のもとには、一週間に二〜三本のペースで、第二、第三のジュンからの相談が入っています。どの子とも一緒に歩き始めていますが、ドラッグの魔の手の強さに、日々自分の無力さを思い知らされています。ジュンとの時もそうでしたが、どの若者も何か私をスーパーマンと勘違いしています。私に連絡し、私に依存すれば、自分はドラッグから解放されると思いこんでいます。結局は、自分自身がきちんと地に足をつけて、自分の意志でドラッグなしの日々を一日一日と積み重ねていくしかないのですし、そのためには、自分の周りにいる家族や仲間、あるいは様々なドラッグに関係する機関の人たちとの心からのふれあいが必要なのですが。このことは今のジュンが一番わかると思います。それなのに、ジュンをはじめみんな、依存対象をドラッグから私に替えて、ドラッグから離れようとします。これはドラッグのせいなのでしょうか。それとも人間の本質的な弱さのせいなのでしょうか。いずれにしても困ったものです。ここには救いはありません。

ジュンのドラッグなしの日々、続いていますね。一日一日と。強制的なもので、ジュンの心や意志からのものではないですし、ジュンにとって好ましいものでもないでしょうが、君の心、頭そしてからだのためには、とても良いことです。ドラッグの影が、これからの日々を通して少しでも薄くなってくれることを祈っています。

私の裏切りがどのような結果を導くのか、私にはわかりません。今はあまり考えたくないです。でも、少なくても、今のジュンはクスリから切れている、このことだけでも一歩前進と自分を納得させています。

返信――今度こそ私の家に来ませんか

一九九九年三月九日(火)

お手紙ありがとうございます。もうすでに、お母さんから今までの状況や今どうしているかについてはお話を聞いています。たぶん君は、私からの手紙が来ないので、悲しく思っていたと思います。でも、一月二〇日に君が書いてくれた手紙が私の元に届いたのは、今日（三月九日）なのです。やはり直接は届きませんから、時間がかかってしまったようです。でも、できる限り早く君の元に私からの返事が届くようお母さんに頼んでみます。

私は、君からの連絡が絶えてしまったので、一月の半ばに君のお母さんに電話しました。そして、お母さんから捕まったことを聞きました。「来るべきものが来た、間に合わなかった」という思いで、泣きたくなりました。君と約束していた、一二月二三日に、どんなに無理をしても君と会うべきだった。そして、君や君のお母さんを説得して、無理矢理でも病院に連れて行くか、東京のダルクや私の家に連れて来るべきだったと後悔しています。

でも、君が手紙で書いてくれたことは、私にはとてもうれしかったです。やはり、薬物を乱用することは犯罪です。誰でも自分の犯した罪は償わなくてはなりません。この意味では、君が手紙に書いてくれた想いは、君の大切な罪の償いになっていると思います。また、君が今捕まったことは良かったとも思っています。君は一九歳という年齢で捕まりました。そして、裁判官や家庭裁判所の調査官の人の温かい思いやりで、本来なら成人と同じように裁かれるところを少年として保護と指導を受けています。もし、捕まることがあと一～二ヶ月遅かったなら、君は成人として裁かれ、今は刑務所にいたでしょう。

私について少し話しましょう。私はたぶん相当の変わり者の教員です。私はいまだかつて一度も、生徒に「ああしろ、こうしろ」と言ったことがありません。それは、どんなにその生徒が未熟であっても、自分の人生は自分で決定して生きていくべきだと考えているからです。ですから、今回、君から電話をもらってからも、君に「こうしなさい」と言ったことはないと思います。君は、「なんて冷たい人だ」と思ったかもしれないけれど。でも、私は、今まで多くの生徒たちとともに悩み、ともに生きてきました。それだけは、いつも疲れたからだにむちうって頑張ってきました。

忘れないでください。もう、君は私の大切な生徒です。私には君の人生を「こうしろ」とか「ああしろ」とか言うことはできませんが、君とともに生きていくことはできます。これからは一人で悩まず、一緒に悩みましょう。また、私にはいろいろな仲間や生徒がいます。もう、彼らも君の仲間です。君とともに悩み歩いてくれます。手紙に本が好きだって書いてあったけど、君を本屋さんや出版社に紹介することも、そんなに難しいことではありません。仕事の内容は、君の努力と能力しだいだけど。できる限りの協力はします。私は、けっこう力がありますよ。期待していてください。

私たち、薬物の問題に関わっている専門家の間で、よく「底つき」ということばが使われます。これは、薬物を乱用した人は、行くところまで行って、「ここでやめなければ、自分は終わりだ」という自覚を持たない限り、薬物の魔の手から逃れられないという意味です。手紙を読んで、君がまさに「底つき」したことがわかりました。たしかに司法の力は借りましたが、あくまで少年としてです。ここからは、一歩一歩楽しい幸せな人生を一緒に作っていきましょう。

そういえば、君のお母さんとは何度も電話で話しました。ですから、君の動きについてはその時々に教えてもらっていました。お母さんは、君が捕まる前から、君が薬物を使っていたことを知っていたそうです。ただし、一二月の末頃からだそうです。そして、何とかしなくてはと思っていた矢先に、今回のようになってしまったそうです。お母さんも私を信じてくださり、一緒に君の手助けをしていこうと言ってくれています。人にはいろいろな欠点や嫌なところがあります。それを見ればきりがありません。でも、どんな人にも必ずいいところ、美しいところがあります。それを、一つひとつ見つけていくことも大切でしょう。まして、相手がお母さんなら。

ところで、私の本の件ですが、たぶんドラッグということばがタイトルに入っていたので、押収されてしまったのでしょう。決して押収されるような内容の本ではないのですが。私の本、この手紙と一緒にお母さんのもとに送ります。一日も早く君に届けてくれるよう、お母さんに電話しておきます。

君の願い通り、裏にサインもしておきます。あまりきれいな字ではないですが、かんべんしてください。一生懸命、想いをこめてかきました。

「冬来たりなば、春遠からじ」

このことばは、私から君への贈り物です。今は、君にとって厳しい冬の時でしょう。でも、冬が来れば、必ずその後に春が来るのです。一歩一歩前向きに歩いていけば、必ず春になります。一緒に春まで歩いていきましょう。少しずつ。

手紙の後半に高校のことが書いてありました。もし、君に気があるなら、ぜひ私の学校にいらっしゃい。大歓迎です。でも、その前に、何日でも何週間でも私の家においでなさい。家族みんなで待ってます。

お母さんや関係機関に、君との面会が可能かどうか、現在あたっています。可能なら必ず面会に行きます。なんといっても、私たちはまだ一回も会ったことがないのですから。なんとなく、そんな気はしないのが不思議ですが。

書きたいことはまだまだたくさんありますが、このへんで筆をおきます。お手紙、心から待っています。

返信――君は許してくれるだろうか

一九九九年四月一〇日(土)

ジュン、君のお母さんと連絡を取り合っています。面会の時にお母さんからもう聞いたと思いますが、お母さんはまたお父さんと一緒に生活することになりました。君は、君の家族が全部一つの家にそろったところに帰って来ることができます。お母さんは、これも君のおかげだと言っていました。そのことが直接いいことなのかどうか私にはまだわかりませんが、一つの家族を考え直す機会になればと思っています。ジュンは、「援助」のときもそう感じたのですが、自分の周りの大人に、父親を、とくにやさしくくるみ込んでくれる大人を求めているようです。今度は本当のお父さんに求めてみてください。

ジュンに会いたくて、様々な機関にジュンと面接できるように試みているのですが、許可がおりません。お母さんにも動いてもらっているのですが、私がジュンの直接の先生でないことと、私が本を出版している「物書き」であることがネックになっているようです。私は何の害もない人間ですし、別にジュンと私と連絡を取らせても何の悪い影響もないのですが、どうもお役所仕事はわかりません。様々なところに圧力をかけていますが、どうも効果がありません。どこかで反対され潰されてしまいます。このままだと、ジュンと退院までに会うことができなそうです。焦っています。

君からも次の手紙が来ません。多分、私との連絡を取る許可がおりていないのでしょう。今はお母さんとの連絡で、君の状況を知ることが唯一の細い糸です。しかし、今回決定した処遇が、六ヶ月の短期女子少年院への入院ですから、七月には退院して直接連絡できます。その時は、すぐにでも君のところに飛んでいきます。

今の君にまだ伝えることができませんが、君が逮捕されてからの毎日は、私にとってつらい日々です。私のしたことが良かったのか、常に自問自答しています。もっとすべきことがあったのでは、そう考えるたびに苦しくなります。君のために選択をしたのか、それとも君から逃げるために選択をしたのか、自分の心を問いつめています。私は神ではありません。しかし、君の人生に土足で踏み入り、君の人生を変えてしまった。これは、許されることでしょうか。君は許してくれるのでしょうか。

少年院よりの手紙――夢中で充実した毎日です

一九九九年六月一九日(土)

先生、やっとのことで先生と連絡を取る許可がおりました。やはり、先生との連絡の許可が出るまでには、いろいろ大変でした。だけど、自分の繰り返しの希望と母からのお願いで、何とかこうして手紙を出せるようになりました。

捕まってから初めて先生に書いた手紙は、M拘置所で宅下げの荷物の中に入れ、母に頼み出してもらったものです。だから、先生に届くのはいつになるかと不安でした。手紙はそれっきりとなり不満の日々でした。家族に出すように、先生とも手紙のやりとりをしたかったから。

ここ何ヶ月間は無理だろうと諦めていましたから、こうして許可がでたことがたまらなくうれしいです。先生からの初めての手紙(ワープロ字)は、六月一六日に手元に届きました。先生からの本は五月下旬に手元に届き、一二月頃を懐かしく思って、先生の写真を見ながら泣いてしまいました。先生と知り合えてから、すぐのように捕まってしまったことに対して、あの頃は少し先生が何かしたんだなと、正直考えたりもしました。そういう時ってのはすべて悪い方向に考えてしまうもので、あの一二月二三日の約束も、先生は自分を裏切った、すべて口先だけの心配だったんだとも考えました。先生は人がいいから、何かと損をしてばっかりだね。でも、正直にいってあの二三日はすごくショックを受けた……。夜も眠らず朝を待ち、当日もずっとずっと連絡を待っていたのに、電話も鳴らず……。だけど今はもういいんです。忘れはしないけど、これから先だって、先生とたくさん連絡を取り合って会えるのだから。

先生と連絡を取り合っていた一二月が、つい最近のように感じていますが、あっという間に六月となり、早くも来月下旬には出院予定を迎えているのです。本当、少年院送致が決定した時は、ショックで泣いてばかりの日々でした。けど、意外にもこの少年院は、自分がイメージしていた生活とは全然違い、とても楽しく充実した日々を送っています。そのせいもあってか、月日の流れを早く感じています。

今までの約六ヶ月、先生のことは一日たりとも忘れたことはありません。いつも思い出し考えていました。先生の声が聞きたいです。何よりも早く会いたいです。ここを出たときは、真っ先に先生に電話をするんだって決めています。

自分はここに来て本当に良かったです。たくさんのことを学ぶと同時に、自分自身を変えることもできたからです。親に対して何も話せずに我慢してた自分が素直に気持ちを伝えられるようにもなったし、自分に自信も少しずつ持てるようになりました。

ここでは、フォークリフトやワープロ四級の資格も取りました。来週の六月二二日には、危険物の試験を受けます。こうして何かに取り組むということを身につけました。また、それを最後までやりとげることの喜び、うれしさを感じています。たくさんの行事や、やるべきことに夢中で充実した毎日です。

出院を来月にひかえている今、帰ってからのことを一番に考えています。それに、父と母が二月下旬に復縁し、父の社宅で家族みんなで生活しているので楽しみです。ガラッと環境が変ったところで、新しくスタートするために、残りの時間を精一杯頑張ります。

また、近いうちに手紙を書きます。ここでの生活では、手紙や差し入れが何よりもうれしいです。先生の最近の様子や母との会話など知りたいです。母は先生にどんな話をしていますか。先生は、自分のことどう思っていますか。自分は先生に会いたいけど、この六ヶ月で太ったから会いたくないです。

先生、字を見せたくないからって、ワープロとか使うのはいけないですよ。先生の字、自分は好きです。返事楽しみに待っています。
大好きな先生へ。先生ありがとう。

返信——もうすぐ会えますね

一九九九年六月二四日(火)

お手紙ありがとう。ワープロで書いてしまったこと、怒られてしまいましたね。本当にごめんなさい。先生はこの数年、何でもワープロで書くという悪い習慣が身に付いてしまい、また、直筆に自信がないために、なにげなく書いてしまいました。また、一日も早く返事を出したいという気持ちからそこまで考えませんでした。

一二月二三日のこと、本当にすまなく思っています。君が少年院を出てきたら必ず償います。許してください。私も一日も早く君と会いたいです。私が君の住む町まで行って、私の知り合いの店で食事をしたいなとか、まずは横浜に来てもらって、私の家族と一緒に食事をしようかとか毎日考えています。ともかく今度こそ会って一から始めましょう。病院やダルク、あるいは君が勤めたいと言っていた本屋さんや出版社など、何でも先生のできる限りの力で紹介します。本当に一日も早く会いたいです。でも考えると、君はずるいかな。君は本の写真で私の姿を知っているのに、私はまったく君の姿を知りません。まずは、君の元気な笑顔を見られることを楽しみにしております。

少年院での生活、実に充実しているようですね。あと一ヶ月ちょっと、一日一日を頑張ってください。私のほうは、週に二～四本の講演で日本中を走り回っています。そして夜は、生徒たちと勉強です。ともかく、自分を振り返る時間もないほど多忙です。まだまだ多くの若者たちがドラッグの魔の手に捕まり苦しんでいます。どうも先生の仕事に、休みと終わりは死ぬまでなさそうです。

お母さんにはこのところ連絡をしていません。二～三日中に電話してみます。そして、君が戻ってからのことをいろいろと話し合ってみます。

とにかく、横浜には必ず来てください。私の家族も楽しみにしています。我が家と思ってください。

人生は長いです。これからもいろいろあると思います。でも君の側には、必ず私をはじめ多くの私の仲間たちや生徒たちがいます。幸せを求めて生きていきましょう。

またすぐに手紙を書きます。

追伸　もうすぐ会えますね。太ったこと気にしないこと。必ず会いましょう。おいしいもので、もっと太らせてあげます。

手紙を書く筆が重い

一九九九年六月二五日(金)

今日、薬物関係の様々な機関に電話を入れました。もうすぐジュンに対する私の出番です。まずは、私の家の近くの薬物依存症治療の専門病院にジュンの受け入れを要請しました。ダルクにも頼みました。ダルクでは、大切な仲間として待っていてくれるそうです。また、ジュンの住むR市の私の仲間たちにも、ジュンが戻ってくることを伝え、今度こそジュンのために動いてくれるよう頼みました。前がだめだったので、あまり当てにはしていませんが。

でも、最初の一歩の選択は、ジュン、君自身がしなくてはなりません。今度こそ、前向きの選択をしてくれることを願っています。前と同じで、家にいて私の電話を待つだけでは困ります。

私はジュンに最初に会うとき、私が少年院に君を入れたのだということを伝えます。その日が近づいてきています。ジュンが、その私のことばに耐えることができるのか、とても心配です。ジュンにとって、しゃばで最初のきついことになるのですから。しかし、この試練を通らなくては、私と君の明日の関係は存在しません。私にとっても、きつい嫌な仕事ですが。

でも、手紙を書くことが非常につらいです。本当は、まず最初に手紙で、君を裏切ったことを告げなくてはならないのに、そうしていません。手紙に書くすべてのことがうそのように思えて、ついつい筆が鈍ります。

少年院よりの手紙――会いたいけど恥ずかしいな

一九九九年六月三〇日(水)

先生、手紙ありがとう。二八日に届いたよ。来るまで、毎日毎日まだかなぁって待ってたんだ。でも、さすが先生、自分の気持ちを裏切らずに、きちんと返事を書いてくれた。本当、ものすごくうれしいよ。内心どこかで、返事を書いてくれないかもって怯《おび》えてもいたから……。

でも、先生、相変わらず忙しい日々なんだね。私のことなんか相手してる暇ないと思うし、時間ももったいないんじゃないかな。それに、生徒だって、自分以外にたくさんいるんだから。それでも、先生どんなに忙しくなっても冷たくしないでね。さびしくなっちゃうよ。先生からの手紙だけで、こんなに頑張ろうって気持ちにさせる力が、先生にはあるのだから。戻ってからは、先生の声を聞いて気合いをいれるんだ。先生の声はとてもやさしくて、落ち着かせてくれるから。

それから先生は、横浜にぜひと何度も言ってくれてるけど、恥ずかしくて行けないよ。まして、人の家に行くってことも慣れていないから、苦手だし……。そのうえ、家族みんなで待ってますなんて言われたら、よけいにガチガチになってしまう。家族の方は私のことどう思ってるのかな。そういうことばっかり気にしてしまう。会いたい気もするし、先生の家も見てみたい。横浜にだって行ってみたいけれど、やっぱり恥ずかしさのほうが大きいな。

もちろん、先生にも会いたいけどさ。先生がすごく忙しいのなら、自分は我慢できるから。先生が会おうって言ってくれただけでもとてもうれしいから。もともとやせていないけど、太ってからはよけい恥ずかしくて……。髪も今ばっさりと短く切ってしまったし、本当に恥ずかしいことばっかりで会えない、会いにくいな。太ったこと気にするなって先生は言うけど、女の子はとても気にするのよ。こんなボーイッシュな自分でもちょっとは気にする。

今自分は短期寮にいる。三人だけの短期寮の寮長として毎日頑張ってる。母は手紙を書くのが苦手でほとんど書いてくれないから、先生からも何とか言ってやってください。先生からの手紙楽しみに待ってるね。大変そうだからワープロでいいよ。そのほうが先生ぽいって気もするしね。

大好きな先生へ。

君はいい子を演じているのでは

一九九九年七月一日(木)

今日、麻薬取締官に捕まってから、君が私に書いてくれた手紙をすべて読み直しました。そして少し不安になりました。何かとってもいい子を演じているような気がしたからです。以前に私とやりとりしていたころの手紙や電話での話の内容と比べると、何か形にはまったものになってしまっています。少年院という環境で、しかも内容を第三者に読まれてしまうことを前提として書いているのですから無理もないのですが、何かジュンらしくない、そんな気がしました。

こんなことは私の手紙も読まれるわけですから、とても手紙に書くことはできません。会ったときに話します。手紙のように、心から頑張ってくれていれば本当に幸せなのですが、何か違うような気がします。私は邪推しすぎでしょうか。

人は無理をして肩を張って生きていると、多くの暖かい出会いや有用なことを学ぶ機会を失ってしまいます。ジュン、君がこのような状態にないことと願っています。無理は人のためにするもので、自分のためにするものではありません。

一九九九年七月五日(月)

返信──何でも手伝うよ

お手紙ありがとう。今日私のもとに届きました。今、短期寮の寮長をしているとのこと、頑張ってますね。でも、あんまり無理しちゃ駄目ですよ。のんびりゆっくり、一歩一歩確実に歩んでいきましょう。

私のほうはまだまだ忙しい日々を過ごしています。このところ君の家のほうでの講演が多く、上野駅から君の町への特急に乗ります。その度に君のことを思い出します。君が戻ったら、すぐにでも特急に飛び乗って君の町へ行きます。必ず、駅まで迎えに来てください。

君は今、長い一生の中で最も大切な時を一生懸命に生きています。この日々がこれからの君の人生に大きな大きな意味を持つと信じています。また、戻ってきたら、今度こそ私の出番です。一緒にゆっくりと明日を求めて生きていきましょう。私には、ドラッグの魔の手に捕まってしまった若者たちとていねいにともに生きる道しか人生に残っていませんが、君には楽しく明るい明日を作ることができます。何でも手伝います。

ところで、横浜に来ること、気にしているようですが、まずは来てください。すべての心配はきっと飛んでいってしまいます。私の家族も心から君が来ることを待っています。そして、ぜひ神奈川県立精神医療センターせりがや病院（薬物中毒治療の専門病院）での診察を受けて欲しいのです。これは君の今後を考えていくうえで、非常に重要なことなのです。せりがや病院の人たちはみんな私の仲間ですから安心してください。そしてからだを完全に治してから、就職や進学について一緒に考えましょう。こちらは私がプロです。

でも、君から手紙が届くとほっとします。今、学校の研究室で一人で返事を書いているのですが、君の手紙からはやさしさや思いやりなど、暖かいものがたくさんほとばしっています。また手紙を書いてください。私も書きます。元気でいてください。

少年院よりの手紙——先生の講演を聞いてみたい

一九九九年七月一二日(月)

先生、手紙ありがとう。手紙を読んで思ったことをまず書きます。

先生は、まず神奈川県立精神医療センターせりがや病院に行こうって言ってくれてるけど、自分は何か嫌です。先生の行為が嫌なのではなく、病院に行くことがあの頃と同じようになぜか嫌です。怖いです。何もされなくても怖い。行ったら出て来れないかもって変に考えすぎてしまう。どんなことをするのかもわからないし……。

先生は、最近R市近辺での講演が多いとのこと……。いつも言おうと思っていたんだけど、自分も先生の講演を一度でいいから聞いてみたい。先生がどんなことを話しているのか見てみたい。先生が見られたくないというのなら行かないけどね。

先生の家も犬を飼ってるんだね。家にも自分にしかなつかない犬（ポメラニアン）と猫がいるんだよ。二匹のことを自分は、息子と思ってかわいがっているんだ。自分は、動物とくに犬が大好きで……。それに、この二匹とは、どこに行くにも、寝るのも食べるのも、みんな一緒にしていたから。捕まったばかりの頃は、さびしくて毎日泣いてた。先生の犬も見てみたい。自分が行った時、なついてくれるかなぁ。犬には会いたいけど、行く勇気がない。先生の家には生徒が住んだことがあったんだよね。そんなに家族の人たちは暖かく受け入れてくれるの。家族の中に入っていく勇気、やっぱり自分にはないよ。

そういえば先生、知り合ってから毎日のように、先生に語りかけるように日記見たいのを書いてたんだよ。一度押収されたけど戻ってきてるから、出た時に先生に渡すつもり。あの頃の苦しみとか細かく書いてある。自分は書き物が好きで、文章も大好きだから。詩とか作文も好きで、ここで詩などほめられたんだよ。絵も大好きで、ここでポスターを描いたんだ。油絵っぽく仕上がった絵は、とても評判がいいんだ。いつか先生にも見てもらいたい。こうやって書いてると何か落ち着くんだ。だから、手紙もここから四〇通くらい出しました。文通が大好きなんで、先生も手紙出してね。

帰るのは目の前、頑張ってます。

大好きな先生へ。

君に手紙を書いていたら、ちょうどお母さんから電話がありました。そのお母さんからの連絡で、出院が二一日に決まったことを聞きました。どうも、今回の手紙への返事は必要がなくなったみたいです。

私は、二二日に君のいるR市に行きます。そこで君と初めて会えることになりますね。その時には、君に、今回の逮捕は私が仕組んだことだということを伝えます。いつまでも伝えないでうそをついていたいのですが、それは許されることではありません。非常に怖いですが、去年の失敗を繰り返さないためにも、私が君のところに行きます。まず、会いましょう。会って話すところからやり直しましょう。

ジュン、君は少年院での生活を通して、何を学んだんだろう。どんな出会いがあったんだろう。それをゆっくり聞いてみたいです。これが大きな学びの糧になっているようなら、私も救われるのですが。祈っています。

「大好きな先生へ」、重いことばです。人に好かれることは本当は喜ぶべきことでしょう。しかし、私は、君を、君の精一杯の信頼を裏切った人間です。このように言ってもらう資格があるのでしょうか。つらいことばです。

女子少年院を出院——明日、真実を告げます

一九九九年七月二一日(水)

ほぼ七ヶ月ぶりに電話で話しましたね。何かお互いに恥ずかしかったですね。お互いことばが出なくて、そのことばのない沈黙の中で、何かほっとしていましたね。よく頑張ってきました。これからはまた私の出番です。君をドラッグの魔の手に近づけないよう、できる限りのことをします。まずは明日会いましょう。あと何時間かで君と会えます。

今私は、君の住む町へと車を飛ばしています。君の町に近づくにつれ、心が重くなります。私は君に対して本当に心から誠実に真実を積み重ねて生きてきたのでしょうか。それとも適当にいい顔をしながら偽善を積み重ねてきたのでしょうか。私は誠実に生きてきたつもりです。しかし、結果は……。

明日は、君に真実を告げなくてはなりません。君を司法の手に渡したのが私だということを伝えなければなりません。怖いです。君をさらに傷つけてしまうのではないか、君の心にせっかく芽生えた人を信じようという気持ちを壊してしまうのではないか、悪いことばかり考えています。しかし、君との間にうそを残しておくことは、私にはできません。何としても、明日は真実を告げます。

しかし、私はいつも無力です。そして、自分が無力なことを知りながら、他人の人生に入り込んでいっています。こんなことが許されるのでしょうか。きっと君は、私がいつも悩み、苦しみ、不安を抱えていることに気づいていないでしょう。私はスーパーマンではないのです。明日会ったときには、このことも伝えようと思います。それでも君が私のもとにいてくれるのか、私にはわかりません。でも、これだけはわかってもらいたいのです。私の力だけでは、君をドラッグの魔の手から逃れさせることはできないのです。

初めてR市で会う

一九九九年七月二二日(木)

今日、君と初めて会いました。R市の駅の改札で待ち合わせをして、一目で君のことがわかりました。ジュンは何かオドオドしていましたし、私はとても緊張していました。あんなに電話で話していたのに、やっぱり電話での会話だけではだめですね。

一緒に喫茶店に入って、最初は私だけが一人で話していましたね。君の答えは、「はい」か「いいえ」だけ。何かことばはつながりませんでしたが、心はいっぱいでした。

私は、君を麻薬取締官に渡したときから心に決めていたとおり、私が君を司法の手に渡したことを伝えました。君は、ただただ下を向いて泣いていましたね。そして、「そうじゃないかなって思ってたけど、知りたくなかった」って言いました。その通りだと思います。話さなければよかったのかもしれません。でも、これから一緒に歩んでいくためには、必要なことだったと私は考えています。二人の間に何か冷たい風が吹きましたが、君は持ちこたえてくれました。少なくても私はそう信じています。もう君は、以前のような状態に戻ることはできません。前向きに一歩一歩進んでいきましょう。進まなくては。

君は、今、少なくても七ヶ月のドラッグからクリーンな時を過ごしてきました。もう完全にクスリは切れています。身体的な退薬症状は出ないはずです。問題は心だけです。ドラッグなしの明日を、どんなにつらくても求めることができるのか、社会つまり人とのふれあいの中に自らを投げ出すことができるのか。ここを考えてみてください。

私も今日の出会いを原点として、君に対して何ができるのか問い直してみます。まずは、今日はうそをつかずにすみました。でも、本当の真実が本当は一番つらいこともあるのですね。そのときどきの思いやりや真実が、実は結果的には人を傷つけその人生をつぶしていく、哀しいけれどどこんなこともあります。私は、私が君に対してしてしまったことがこういう結果にならないことを願っています。そのためにも、今日を再度のスタートとしてもう一度君とやり直したいのです。

今日、君はよく耐えてくれました。その強さをぜひ明日につなげてください。明日のためにも一緒に夢を見ましょう。将来の夢を。してみたいことをいっぱい作りましょう。私も、君の前にたくさんの可能性を並べてみます。

君に、私が君を司法の手に渡したことを話したことが、良かったのか悩んでいます。知らせてしまうことで、君をもっと哀しみの底へと追い込んでしまったのではないか心配です。もしかすると私は、自分に正直でいたいという自己満足だけのために君に話したのではないか、自分の心を見つめ直しています。

自分の君に対する生き方が、真実なのか偽善なのか悩んでいます。その時々、悔いのないように真実を求めてきたこと、これは間違いありません。しかし、導いたことは……。物事は結果で評価されるべきだとするなら、私のやってきたことは偽善になります。私を信じた君を二度にわたって哀しみの底に落としたのですから。私にはもうわかりません。私は誰を頼ることもできないのです。苦しいです。でも、君を何とかしなくてはならない。つらいです。偽善でもいいじゃないか、ともかく君をドラッグから解放できれば、と思う心も私の中にあります。しかし、そう居直るほど私の心は強くありません。つらい、しかし、この状況から逃げずに、きちんと向かい合っていこうと考えています。

自宅よりの手紙――自分を変える自信が消えた

一九九九年七月二七日(火)

先生、こうして家で手紙を書くって変な気持ちだよ。少年院では、たくさん聞きたいことや話したいことがあったのに……。それは今だって同じなのに、言えない前の自分に戻ってしまったみたい。少年院では、何でも気軽に話し相談のできる自分になろうって努力し、なれたって思ってたのに、出た初日から昔の自分に戻ってた。変わっていく自分にあれだけ喜んでたのに、変われてなかったなんてショックを受けてる。それに、昔よりもっと言えない自分になっちゃってる気がして……。思っていることがぜんぜん話せない……。人と話すこと、会うことにとても臆病《おくびょう》になっていて、怖くてビクビクしている。人と目を合わせるのも怖いんだ。

正直に言って、先生も怖い。先生自身が怖いんじゃなくて、「人と話す」ってことを変に意識しているせいかもしれない。先生とですらこうだから、まったくの他人なんかとてもじゃない……。

先生と話すこと、二人きりでいることすべて怖い。言いたいことが怖くて言えない。だから、二人の会話もすぐとぎれちゃうね。話さなきゃ本当は先生もわからないのにさ。変わったどころかひどくなってるこの性格が嫌だよ。少年院では、本当に何でも言える自分になれてた。親、先生、みんなに……。本当、変わるってことは簡単じゃないって考えてる。

毎日、つまらなすぎて、からだはだるくて、何もする気になれない……。とくにやることもなくて、時間と日々だけがどんどん過ぎていくばかり……。独りぼっちの気分で、頭の中はクスリをやりたいと考えるばかり……。考える……、欲しくてたまらない。やりたくて……。あの頃を思い出す。はっきりいって、クスリやってた日々のほうが、まだ楽しみとかあった。苦しかったけど、今よりはいいかなぁって比べてみたりして……。

同時に、少年院での生活って毎日楽しかったなぁって思うんだ。一週間前に出たばかりとは思えないくらいに懐かしい気がして思い出す。馬鹿騒ぎできる仲間がいつもいて、励ましてくれる先生もいて、いつも必ず自分の周りにたくさん人がいて、一人じゃない、頑張ろうって思えた。出たらうれしさはほんの一瞬、さびしさが予想以上に自分を包み込んでいる。

だから、先生が真剣になって相手をしてくれてることに悪いなぁって気がしてる。こうしてああしてって、たくさん先生は考えてくれるのに、自分自身まったくやる気を失っていて、変われる自信もまったくないから。こんな自分のために、先生を動かすのって無意味じゃない……。本当だったら先生に、「勝手にしろ」って捨てられてもおかしくないんだよ。そう思うから、捨てられることにビクビクしている。でも、気長に先生と頑張ろうってのが唯一のかすかな気持ちかな。それさえも消えてしまったら、もう何も残らないから。

先生の講演会は、複雑な気持ちで座ってたよ。会場に着いたとき、場違いな雰囲気と周りの目が気になり、帰ろうかって考えた。でもまず先生にどうするか聞いてみようって思って電話したんだ。先生の声は本当にやさしくて、落ち着かせてくれる力があるね。あの頃とまったく同じに。先生は変わってない。変わっちゃったら嫌だし離れるけどね。先生はたった一時間や二時間の講演じゃ話したりない感じだね。でも、先生の気持ちはみんなに伝わっているよ。

だけど、自分という生徒がいてここに来てるってことまで言うとは思っていなかったからビックリした。ほんの一瞬だけどね。何かどうでもいいんだ。自分がクスリやってた、少年院入ったた、どう知られようといいって思っちゃって……。でも、講演前には言わないっていってたのに見事に言ったよね。それに、先生が自分のことを麻薬取締官に言ったんだってことを先生から聞いて、売られたように考えたりしたこともあって……。そうかなぁって考えたこともあったけど、違うよって言ってもらいたかった。過ぎたことはどうでもいいけど、知ってしまったら何か心にひっかかってる。

少年院で、先生と付き合うのは良くないってはっきり言われたし、本を書いてる人だから、おもちゃっていうか利用されるおそれがあるって言われたんだ。このところ、利用されているのかもって考え始めたんだ。でも、先生のことは信用してるし大好きなんだ。自分の中で二つの気持ちが自分を困らせている。どっちが本当なんだ、どうしたらいいんだって。でも、先生を失ったら自分はすべて失っちゃう、ボロボロになっちゃう。こんな気持ちだから、いつもはっきりとした返事ができない。だから、先生、ある程度こうしろって強く引っ張ってくれるとやりやすい。自分に聞かれても答えがでないんだ。どうしようもないこんな自分だけど、先生面倒見てくれる、見捨てないでくれる。それが一番不安なのかもしれない。今の自分には、先生以外頼れないんだよ。

親がいるだろうって言われるかもしれない。でも、自分からすれば、先生の次。少年院から出た日も、喜ぶどころか、父は仕事に行き、これといったこともなかった。それにガッカリした。何か期待してたんだろうね、きっと。親も変わってくれたって、変に期待してたから、しらけちゃった。

父は、自分が仕事もしないで遊んでるって、母にぐちってるらしいし……。父の仕事を手伝えって言われるけど、嫌な仕事だものやる気になれない。それをやれって言われると、面白くないし、押さえつけられてる気がして一人イライラしてくる。だからよけい、クスリさえあればって考える。正直にいってやりたい。欲しい。今すぐにでもやりたい。

先生、家族のこと大好きだけど、一緒にいるとイライラして嫌になるんだ。

先生からの返事待ってます。

返信――今度こそ一歩踏み出して

一九九九年七月三〇日(金)

君と初めて出会うことができて、とてもうれしかったです。でも、本当に二人っきりになると、なかなか思っていることを話せないものですね。あれだけ、電話や手紙で知り合っていたのに。でも君と私には、まだまだたくさんの時間があるんですから、少しずつ話を積み重ねていきましょう。

　ところで、人を信じるということ、とても難しいことだと先生も思います。もし、人とふれあうことをやめれば、人に傷つけられることもないし、裏切られることもありません。でも、人は一人では生きていくことができません。そうである以上、私は君にできるだけ多くの人と出会い、傷や裏切り、痛みの中から、信じられる人、ともに生きていける人を、一人でも多く見つけて欲しいのです。人は人を不幸にしますが、人を幸せにできるのも人です。講演で君のことを言ってしまったこと、悪いと思っています。でも、あの中から君を理解し君の側に立とうとする人がでればと、会場にいた人たちを先生は信じてみました。

　君に言わなくてはならないことがあります。これまでも何度も言ってきたと思いますが、私はスーパーマンでも天才でも強い人間でもありません。一人の弱いけれどまじめに生きようとしている人間です。ですから、私には君のことをどうする力もありません。でも、ともに話し合い励まし合って生きていくことはできます。ね、ともかく一緒に笑い、一緒に哀しみ、一緒に話し合って生きてみませんか。

　今君は、なかなか将来への夢を持つことができないようです。これは、多分に覚せい剤の影響だと思います（クスリ自身の作用と、クスリを通じてできた人間関係の影響）。でも、少しずつ、多くのまじめな人たちと出会い、心を育てていきましょう。まずは、私の家へ来てください。

私のほうは今日も昨日も講演でした。このまま八月九日まで続きます。でも、一人でも多くの人にドラッグの怖さを伝えることは私の天命ですから。そして、八月六日には、また、君のいるR市に行きます。必ず会いましょう。今度こそ一歩踏み出して、私のところに来てください。

最後に、今の日々の生活、君にとってどのようなものになったらいいのかを考えて教えてください。少しずつ毎日を変えていきましょう。ともかく、ドラッグをやりたくなったら先生に電話すること。先生、泣きますから……。

ごめんなさい、今学校なんですが、先生への電話です。今日の手紙はここまでとします。

手紙ください。電話ください。手紙出します。電話します。お元気で。

Ⅷ

冬来たりなば、春遠からじ

あとはジュンの意志しだいです

一九九九年八月一日(日)

　ガスを吸い始めてしまったことを電話で聞いて、頭を抱えています。多分、覚せい剤があったらそれもやっていたでしょうね。愛の力や罰では、ドラッグの魔の手から逃げることはできません。ジュンは十分に罰せられた、でもガスに手を伸ばしてしまう。私と信じ合ってきた、でもガスに手を伸ばしてしまう。ここにドラッグの怖さがあります。

　ましてや君が「先生、ガスやったって捕まらないよね」と言った時には泣きたくなりました。ジュン、何か大切なことを忘れていませんか。つらいから逃げる、それは人間として当然の行為でしょう。でも、つらい環境から自分の足で逃げ、自分の手で生活していくのではなくて、ドラッグがもたらす快感や忘却に身を任せてどうするのですか。ガスが切れれば、さらにつらくなるだけなのに。しかも、そのことを君は誰よりもよく知っているでしょうに。

　君に聞きましたよね。覚せい剤が君を幸せにしてくれたのか、ガスが君を幸せにしてくれたのかと。そんなことは十分わかっているでしょう。それなのに同じ間違いを繰り返さざるをえない、これがドラッグの怖さですね。こうして、何人の若者たちを奪われたことか。思い出すだけで苦しくなります。

でも、私とのやりとりの後で、君が「先生の家に行こうかな」と言ってくれた時は、すごくうれしくなりました。横浜に来てくれれば、数多くの人との出会いを用意することができます。医師もいれば、カウンセラーも、ドラッグに苦しむ仲間たちもいます。彼らとの出会いが、必ず君の人生を変えてくれます。

ともかく、今の環境で、ただ日々を費やしていくだけでは、ドラッグから離れることはできません。八月六日には、君を迎えに君の町まで行きます。それまでに、君のお母さんや保護司の方の許可を取ります。状況は整えますから、あとはジュンの意志だけです。必ず来てください。

ジュンを迎えに七夕祭の町へ

一九九九年八月六日(金)

今日はジュンを迎えにR市まで来ました。ジュンと駅で午後五時に待ち合わせて、ビックリしました。私はほとんど毎日休みなく働いているせいか、曜日感覚や季節の感覚が麻痺しています。しかし、今日の駅は、浴衣を着た若い女の子で満ちていました。そして、駅の周辺を見渡すと、七夕の飾り、今日は七夕のお祭りの日だったんですね。何か私には、とりつきにくい、まぶしい雰囲気でした。

駅に君が現れたときは、もっとびっくりしました。君だけではなくて、お母さんと浴衣を着たかわいい妹さんが一緒でした。それから四人で喫茶店に入って話をしましたが、やはり君のお母さんは、君の病気のことをまったくわかっていないようです。君自身の家族に対する悩みのことも。きっと、私がお母さんの話をただ聞いているだけだったので、君はものたりなく感じたでしょう。本当は、私は、そのことをきちんと君のお母さんに話さなくてはならなかったのですが、いくらなんでも小さい妹さんの前では言えませんでした。妹さんが七夕のお祭りに行きたくてそわそわしている様子、とてもかわいくて、さすがの先生も鈍ってしまいました。でも、このままでいいとは思っていません。きちんとお母さんに話す時を作ろうと考えています。当然、君の了解を取ってからにしますが。

妹さんとお母さんがお祭りに出かけてから、二人で明日のことを話しましたね。私は横浜に来るように言い、君は何か踏ん切りがつかず悩んでいました。むしろ新しい一歩を踏み出すことを怖がっていました。話しても話しても決まらず、結局、明日の朝一〇時に駅で私が君を待ち、もし君が来なかったら一人横浜へと帰ることにしましたね。

私にはわかっていました。君が、私に「横浜へ来なさい」と命令されることを待っていることは。でも、私にはできませんでした。これではだめなんです。自分の意志で一歩を踏み出さなくては。今夜は多分一睡もできないでしょう。明日のことはまだわかりません。しかし、君が駅に来ることを待っています。

横浜に行ったからといって何ができるのか。私にはわかりません。しかし、これだけは言えます。もし、横浜に行くことを君が自分自身で決意できたならば、それは、君が自分の意志でドラッグをやめようとして行動した二つ目の大きな出来事となります。一つ目は、私への最初の手紙です。二つ目は、明日の君の行動です。待っています。

私は君と別れてから、七夕祭りでにぎわう町をずっと歩いてみました。多くの若者たちが目を輝かせながら祭りを楽しんでいました。ジュンをこの世界に戻してあげたい。ジュンが家族や仲間たちとあるいは愛する人や愛する子と、このお祭りを笑顔で楽しめるようにしてあげたい。そう思いました。私もふと、このドラッグ問題の世界から逃げ出して、愛する人たちとお祭りを楽しむことができたらとも考えました。しかし、ジュン、君はともかくとして、このドラッグの世界で偉そうなことをずっと言い続けた私には、そんな日が来ないことはわかっています。もしも来るとしたなら、この世界から、少なくても私たちの日本からドラッグがすべて消えたときでしょう。祭りの何か異様な明るさが、私を哀しみの底に引き落としました。こんなにさびしさを感じたのは久しぶりです。

覚せい剤やシンナー、ガス、マリファナ、ヘロイン、あげればきりがないほどの多くのドラッグが、この世界に、日本に存在し、若者たちの中へとその乱用が広がっています。このドラッグさえなければ、ドラッグとさえ出会わなければ、幸せな日々を過ごすことができた若者たちが、ドラッグによってその一生を、ある時はその命さえも失っています。ジュン、君をはじめ私の周りにいる若者たちは、今はお祭りを楽しむことはできません。たとえお祭りの中に身を置いたとしても、今日の君のようにかえってさびしさを感じつらくなるだけです。でもいつか、みんなと楽しんでみたい。お祭りの喧噪《けんそう》の中で、私はそのようなことを考えていました。

ジュン、横浜へ向かう

一九九九年八月七日(土)

今日の朝八時に、君からの電話が私のいるホテルにありました。君がぶっきらぼうに「行くよ、横浜に」と言ったとき、私は、何かからだから力が抜けていき、ほっとしました。多分ジュンも、昨夜一晩寝ずに考えて決めたのでしょう。行く、行かないと心が揺れる中で、自分に「行かなくては」と言い聞かせ、決心したのだと思います。何かうれしいというより、気が抜けました。正直を言って。

君が重い荷物を抱えて、駅にとぼとぼと歩いて来たとき、お互いことばが出なかったですね。多分、君は新しい見ず知らずの場所へ行くことへの恐怖から。私はこれからの責任の重さから。

私は、切符を買うときも特急列車を待っているときも、いつジュンが「やっぱりやめた」というのではないかと冷や冷やしていました。ジュンは、もじもじと下を向いていて、家に戻りたいという気持ちと必死に戦っていることがわかりました。本当は、何かやさしいことばや、つまらない世間話でもして、時間を紛らわせることができればよかったのですが、どうも私は不器用でだめでした。私が気を使って何か言うと、かえって君は下を向いてしまいました。

列車の中でも、何か重い沈黙が続きました。お互いに何かを話し始めるのですが、続かない。二人ともずっと、視線をずらし目を合わせないようにしていましたね。ともかく私に慣れてください。電話の私ではなく、生身の私に。私も声だけのジュンでなく、生きているジュンに慣れます。そして、横浜で多くの出会いを試してみましょう。きっと仲間を見つけることができます。その仲間が君の明日への力となります。

人間にとって、明日はわかりません。どんな明日が来るのか。それでも人間は、明日に向かって生きていかなくてはならないのです。今日がいかにつらかったとしてもです。ジュンにとっての今日はどんな日だったんでしょうか。きっとつらかったと思います。家にいて、ただボーとしていれば、何の嫌なことも、緊張して小さくなることも必要なかったのですから。しかし、これでジュンの明日は変わります。ジュンの明日、それがどのようなものなのか、私にもわかりません。でも、明日、私は、ジュンの声が、手が、届くところにいます。それだけは確かです。

もうこれ以上、ことばが出ません。ここまで来る長い道のりを考えると……。しかし、ジュン、君は来ました。私の住む横浜へ。ここからが、スタートです。

おわりに――今、私は

この本を出版するか、それともやめるかと、ずっと考えてきた。水谷先生からも、この本を出すことが君にとってプラスになるかマイナスになるかわからないと言われていたから、よけいに悩んだ。

結局、どちらになるか、どうなっていくかなんて、水谷先生にも自分にも、誰にもわからない。とても怖い本だ、すごい本だとどんなに言われても、自分はぴんとこない。自分は出版することを強く希望し、水谷先生の力を借り、こうして出版することとなった。

自分が特別すごいことをしたわけでも、素晴らしいことを書いているわけでも何でもないが、ともかく出版してみたかった。たとえこの本を読んだ人から、どう思われようが、どんな目で見られようが、とにかく出したいって思った。

こんな自分が今言えることといえば、これだけ薬物は怖いもので、一度でもはまると逃げられないということだ。こうしている間も、自分は薬物をやりたいと頭の片隅で考えているし、心とからだ、両方とも薬物を欲しがっている。捕まって約一年、覚せい剤をやらずに生きているけど、一日たりと覚せい剤のことが頭から離れたことはないし、手にさえ入れば……といつも考えている。そう、もうやらないなんて口先で言ったって、心の中では、あればやるに決まってると大笑いしているんだ。偶然にもこうして手元にないからやらずにいられるだけで、目の前にあるのならば、何も迷わずにやってしまうだろう。

この本を読んでくれた人に、これだけ薬物の力はすごいんだということを知ってもらいたい。少なくても、薬物に対する好奇心を抱いたりしないで欲しい。

薬物との出会いは簡単かもしれない
でも、サヨナラすることは……
薬物と自分の心との
長い長い戦いでしょう

やめたいけど、やりたいと思う。自分の心がきれいに二つに分かれている。だから苦しい。時々、心同士がぶつかり合って、自分がわからなくなる。
また薬物に手を出してしまえば、薬物に負けたことになる。自分は薬物なんかに負けたくないし、薬物なんかに人生を左右されたくない。
だから、薬物と死ぬまで戦い続けたとしても、必ず勝つ。

生徒　ジュン

エピローグ

残念ながら、ここに書くべき幸せなことばを、今の私は持っていません。ドラッグは、終わることのない地獄の日々しか、それを乱用した者にも、それに関わる者にももたらしません。しかし、私もジュンも生きています。

「春不遠《はるとおからじ》」、「春不遠」、それだけを自分自身に言い聞かせながら。

私がここに書くことができるのは、今もジュンが私とともに生きているということだけです。

私はこれまで、数百人に及ぶ様々な問題を抱えた若者たちと生きてきました。そのうち一三五人は、ドラッグの魔の手に捕まった若者たちです。私は、その一つひとつのケースで、私にできる限りのことをしてきたつもりです。そこには、何のマニュアルもありませんでした。ただ、その時その時、若者のために何をすることがいいのかを悩み苦しみ、そして、いったん決めたならば全力で突き進んできました。

その結果、幸せな今を迎えている若者たちも少なくありませんが、なかには私のことを殺したいと言うほど恨んでいる若者たちもいます。ある若者は、自分をドラッグ漬けにし、その挙げ句に彼を捨てて他の男に走った女性の勤務先に火炎ビンを投げ込みました。私は彼を説得し、警察に自首させました。私には、彼の精神状態は、ドラッグによって不安定であり、精神病院への送致ですますことができると思われたからです。ところが、警察と検察の判断は十分に責任能力があるということで、数ヶ月に及ぶ拘置所生活をすることになってしまいました。裁判では、何とか執行猶予を手にすることができましたが、彼の心には、最も信じていた私に裏切られたという想いが刻み込まれました。彼が拘置所を出てすぐにしたことは、私に電話をかけ、「これからお前を殺しに行く」ということでした。

私が、自分自身にいつも自問自答していることがあります。なぜ、若者たちの側にいつもいい顔をして、彼らにとって心地よいことばだけをつないで立っていることができないのか、あるいは、自分の手に余ったら、彼らとの関係を切ってしまわないのかということです。私は、当然神ではありません。それにもかかわらず、いつも若者たちの人生の中に踏み込んでいってしまいます。そして、何人もの人生を動かしてしまいました。これは、許されることなのでしょうか。ある犯罪を犯した若者は警察に渡し、ある若者は病院に送り、ある若者は見逃す、こんな選択を勝手にする資格など私にあるはずがありません。

多分、私は、一人の教員としては最低の失格者だと思います。本来、教員ならば、冷静に生徒に自分自身について考えさせ、生徒自身が自分の人生を選択できるようにしていくでしょう。私も、決してこの立場を捨ててきたわけではありません。しかし、できなかったのです。私は、教員である前に一人の人間です。一人の人間として、非行や犯罪によって、あるいはドラッグによってぼろぼろになり私を頼ってきた若者を捨てることはできませんでした。また、彼らにとってのいい大人になるために、彼らに甘いことばだけをつないでいくこともできませんでした。

その結果、私を頼りながらも犯罪を繰り返す若者やドラッグの乱用をやめない若者に対して、最悪の選択をしてきました。ある時は病院に、ある時は警察の手に渡してきました。これが正しい選択だったとは、どのケースについても思っていません。ジュンとのケースでも、私は自分が正しい選択をしたなどとは思っていません。むしろ、私を頼った若者たちを裏切ったという意味で、大変な間違いを犯したと考えています。私にできること、私がしなくてはならないことは、これからの一日一日を彼らとともに生きていくことで、彼らに償っていくことだけです。

私は、ジュンに春が訪れるその時まで、必ずジュンとともに生きていきます。どのような厳しい試練の冬があろうとも、その冬を生き抜きさえすれば、必ず春は訪れます。その春にどのような花をジュンが咲かせるのか私にはわかりません。また、見る資格もないでしょう。ジュンの哀しい冬を、さらに哀しく厳しいものにしたのは私なのですから。

その時、私は、ジュンの元を去ります。春を迎えたジュンにとって私とふれあうことは、哀しい冬の時代を思い出すことにつながりますから。しかし、この本は消えません。これが今唯一の心配です。この本が、ジュンのこれからの人生に影を投げかけないことだけを祈ります。

最後に、この本の出版に当たり、くじけそうになる私を励ましてくれた多くの生徒や仲間たちに感謝します。


ジュンからの最初の手紙が届いた日から一〇年の年月が過ぎました。ジュンは、この一〇年ドラッグと戦い続けてきました。今も戦っています。父母の離婚、大切な妹まで覚せい剤の魔の手に、そして、父と妹の逮捕……。そんなつらい日々を私とともに生き抜いてきました。私とともに、ドラッグの魔の手と戦いながら。まだ、私にもドラッグにもさよならが、いえなくて。

私とジュンは、今この本の続編を書いています。もうすぐみなさんの元に届けられるように。

水谷　修

✣ 著者略歴

水谷　修（みずたに・おさむ）

1956年、神奈川県横浜市に生まれる。上智大学文学部哲学科を卒業。1983年に横浜市立高校教諭となる。1992年から横浜市立の定時制高校に勤務。2004年9月に高校教諭を辞職。在職中から、中・高校生の非行防止と更生、薬物汚染の拡大防止のために、全国各地の繁華街で「夜回り」と呼ばれる深夜パトロールをおこなっている。一方で、子どもたちからのメールや電話による相談に答え、子どもたちの不登校やこころの病、いじめや自殺などの問題にかかわっている。さらに、講演活動で全国を駆けまわっている。

✣ 主な著書

『夜回り先生』『夜回り先生と夜眠れない子どもたち』（以上、小学館文庫）、『夜回り先生1〜9』『夜回り先生特別編　さよならが、いえなくて』（以上、小学館IKKI COMIX）、『子どもたちへ』『夜回り先生のねがい』、『さらば、哀しみの青春』『増補版さらば、哀しみのドラッグ』（以上、高文研）、『いいじゃない　いいんだよ』（共著、講談社）、『夜回り先生の卒業証書』『夜回り先生　こころの授業』『あした笑顔になあれ』『あおぞらの星』『あおぞらの星２』『いいんだよ』『だいじょうぶ』（共著）（以上、日本評論社）がある。

本作品は2000年7月、小社より刊行された『さよならが、いえなくて――助けて、哀しみから』の新装版です。

新装版

さよならが、いえなくて

――――助けて、哀しみから

発行日――――2009年9月15日　第1版第1刷発行
2009年9月20日　第1版第2刷発行

著者――――水谷 修・生徒ジュン
発行者――――黒田敏正
発行所――――株式会社 日本評論社
170-8474　東京都豊島区南大塚3-12-4
電話 03-3987-8621（販売） -8598（編集）
振替 00100-3-16　http://www.nippyo.co.jp/

装幀――――桂川 潤
写真――――疋田千里
イラスト――――喜早洋介
印刷所――――テクノエフエム（製版）＋平文社（印刷）
製本所――――難波製本

ISBN 978-4-535-58572-0

いいんだよ

水谷　修／著

過去のことはすべて「いいんだよ」。——子どもたちへのメッセージを詩集として贈る。毎日読む夜回り先生の言葉で子どもたちが元気になる！

◇ISBN978-4-535-58543-0　四六判変形／1,050円（税込）

あおぞらの星　——夜回り先生と考える

水谷　修／著

いじめ、善と悪、自由と不自由など、親や先生でもうまく語れないことを水谷先生ならではの視点からわかりやすく綴った初めての本。

◇ISBN978-4-535-58507-2　四六判／1,470円（税込）

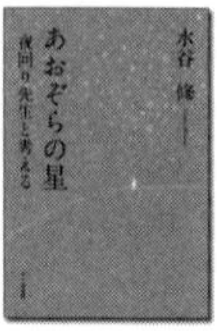

あおぞらの星2　——夜回り先生と生きる

水谷　修／著

『あおぞらの星』は、善と悪、愛と性など、思春期に不可欠な哲学的テーマを語った。この2では、前著をふまえて実践的な問題を問いかける。

◇ISBN978-4-535-58562-1　四六判／1,470円（税込）

夜回り先生　こころの授業

水谷　修／著

子どもたちの目、輝いてますか。夜回り先生が、子どもを見失っている大人たちに、子どもたちに寄り添って生きることの大切さを語る。

◇ISBN978-4-535-58459-4　四六判／1,365円（税込）

だいじょうぶ

鎌田　實・水谷　修／著

弱い人にもお年寄りにも障がいがある人にも、やさしい国にするためにはどうしたらいいのか。子どものために献身している鎌田・水谷両氏の魂の往復書簡。　◇ISBN978-4-535-58569-0　四六判／1,260円（税込）

日本評論社　　http://www.nippyo.co.jp/